人间食单

王干 著

天津出版传媒集团
百花文艺出版社

图书在版编目（CIP）数据

人间食单 / 王干著 . -- 天津：百花文艺出版社，2022.10
ISBN 978-7-5306-8382-8

Ⅰ．①人… Ⅱ．①王… Ⅲ．①散文集－中国－当代 Ⅳ．①I267

中国版本图书馆 CIP 数据核字 (2022) 第 173089 号

人间食单
RENJIAN SHIDAN
王　干　著

出 版 人：薛印胜
责任编辑：王　燕
书名题字：管　峻　　文字统筹：邵明波
内文插图：钱新明　　装帧设计：彭　泽
出版发行：百花文艺出版社
地址：天津市和平区西康路 35 号　邮编：300051
电话传真：+86-22-23332651（发行部）
+86-22-23332656（总编室）
+86-22-23332478（邮购部）
网址：http://www.baihuawenyi.com
印刷：天津新华印务有限公司
开本：880 毫米 ×1230 毫米　1/32
字数：200 千字
印张：9.5
版次：2022 年 10 月第 1 版
印次：2022 年 10 月第 1 次印刷
定价：78.00 元

如有印装质量问题，请与天津新华印务有限公司联系调换
地址：天津东丽开发区五经路 23 号
电话：（022）58160306
邮编：300300

目　录

序言 / 王干的"锁麟囊"

汪朗

大约十年前，王干先生要在《北京晚报》开美食专栏，找了几个熟人在饭馆小聚，也算是搞个小小的启动仪式。那家饭馆老板是生活在南京的安徽人，店名叫金陵渔港，最出彩的菜品却是粤式烤乳鸽，皮酥肉嫩不说，关键是汁水丰盈且毫无腥气，吃过的人都说好。到如今，那家饭店早已改换门庭，王干先生的美食文章却是越写越多，随随便便就编成了这本集子。看来，美食方面的精神产品，其生命力未必逊于物质产品。当然，货品成色得够高才行。

王干先生的这本《人间食单》，大体可分三部分内容，故乡滋味、他乡美食，还有就是人生食态。在谈及故乡食物的文章中，《里下河食单》最为用心，用情也最深切，看后不免让人联想起汪曾祺的《故乡的食物》《故乡的野菜》《端午的鸭蛋》等回忆家乡美食的作品，有些内容就是对老头儿文章的补充和诠释，可以对读。

王干的老家是兴化，在里下河地区，高（邮）宝（应）兴（化）的关系更密切，风物习俗也更相近；王干又是高邮女婿，在高邮生活工作过挺长时间。他二十多岁便和汪曾祺有了交往，写过不少评论老头儿作品的文章，颇有心得；更重要的是，王干和汪曾祺一样，还是个吃货，对于家乡的美食记得清楚，还能说出不少道道。由此，这些文章如果看不到汪曾祺的痕迹，反倒有些奇怪了。

《里下河食单》的内容，比起汪曾祺的文章要丰富，表现手法也更加多样，其中许多感受更是王干独有的，这就形成了文章的独特性。美食文章，还须“有我”，融入作者的经历感触寄寓，这才是文章。否则这类文字只是添加了些无用辞藻的菜谱，没有“魂儿”。

王干在文章中曾经说过，汪曾祺先生写了一篇《咸菜慈姑汤》，让人不是垂涎，而是乡愁泛起。最后一句“我想念家乡的雪”，才是这篇文章打动人的文眼。这是文学评论家的眼光，也是王干的追求。《里下河食单》中也常有这样的“文眼”，看似闲笔但意蕴丰富。只是更加隐蔽，表现方式更加“王干”。

比如他在《咸肉河蚌煲》中写到，他的伯父家境较好，1975年春节，伯父官复原职，又当上粮站的主任，招待王干全家吃好的。“那一天做了咸肉河蚌煲，才上桌时，我震惊了，古色古香的瓷煲里，乳白色的汤漂着几片白里透红的咸肉片，河蚌的肉也泛着咖啡色的光泽，几叶青菜映衬期间，伯父让我们先喝汤，汤是鲜的，带着淡淡的咸味，再吃肉，肉是香的，浓郁的腊香里，又透着河蚌的特有的泥土的芬芳。”这并不算完，文章最后部分说：“父亲吃过咸肉河蚌煲后，连连称赞，‘真好喝，真好喝，第一次喝到这么好的汤’，伯父打断他，‘你记性这么差，小时候经常喝的呀，家里经常做啊’，父亲说，‘记不得了，记不得了’。祖母在一边擦眼泪，一边给我加汤，‘多喝点，你小时候没吃过’。”

这最后一段对话看似平常，但蕴含的滋味比起咸肉河蚌煲，更丰富。不过要通读全书对此才能更好理解，因为王干把许多相关信息藏在了不同地方。他在别的文章中透露，自己祖上算是殷实人家，祖父在泰州开有粮行（那可是需要大笔资金囤货的），祖母还代表全家参加了李明扬的五十大寿庆典（泰州二李是近代史上的有名人物，王干在书中略有介绍）。就是这样的人家的第三代，王干居然到了十五岁才第一次吃到咸肉河蚌煲，而他的父亲连小时候经常喝这个汤都不记得了，可见家道中落到了何等地步。难怪祖母面对咸肉河蚌煲会抹眼泪。但是老人又不敢向晚辈追忆当年的富足生活，只好用“多喝点，你小时候没吃过”这样的家常话，掩饰内心复杂的感情，表达对孙辈的疼爱。在平平常常的述说中，含藏多重意思，让读者用经历和知识去慢慢发掘体会，这是王干一些美食文章的特色。不知王干对此是否认可。

南京的顾小虎先生曾经评价王干的文字“不骄不嗔，不高不矮”“不徐不疾，一板三眼”。翻看王干的《人间食单》，不禁让人想起京剧《锁麟囊》。薛湘灵送人的锁麟囊中，装着各种宝物：“有金珠和珍宝光华灿烂，红珊瑚、碧翡翠样样俱全。还有那夜明珠粒粒成串，还有那赤金链、紫瑛簪、白玉环、双凤錾，八宝钗钏，一个个宝孕光含。”王干的这本书，也是宝物杂陈、名类繁多。有纯粹谈食物的，有素描食客的，有论述食场规矩的，有考证菜肴起源的，还有专门分析《红楼梦》中的食事的，而且说得有鼻子有眼，让人折服。比如他说，薛宝钗不动声色地介绍自家“冷香丸”的繁缛制作过程，就是想从侧面告诉贾府的高阶仆人，我们薛家是见过世面的，是精通低调奢华的，以免和母亲搬入贾府后受到这些势利眼的欺负。回想书中相关场景，好像还真是这么回事。

我们家老头儿对《红楼梦》也熟，谈到其中的吃吃喝喝常有“高论”。例如，他认为刘姥姥进大观园吃的“茄鲞”，纯粹是曹雪芹跟读者开的玩笑，一个茄子根本犯不上这么瞎折腾。“茄鲞”对应的是北京土话“且想”，“且”的意思是漫长的时间，因此“茄鲞”就是说你根本吃不着，慢慢想去吧！不过，汪曾祺从未就此写过文章，大概觉得证据不充分。看来，在《红楼梦》上做文章，确实是大胆假设易，小心求证难。王干有多年写作文学评论的底子，难也就不难了。

这本书收录的文章还有这类题目：《点菜是个美学问题》《喝酒是个军事问题》《马铃薯的文学素》《吃饭吃出“政治”来》……一看便知立意高远，绝非出自只知介绍网红餐馆的N流“美食家”之手。标题如此，内容自然也是别具一格。

我和王干相识数十年，喝酒过百斤，他还给我出的小书写过序，就收在这本《人间食单》里，赖也赖不掉。王干出书，一般自己作序，现在王干让我作序，也算“礼尚往来”吧。

第一辑 美食的“首都”在故乡

题记：你走得再远，你吃得再多，故乡的滋味在牵挂你，故乡给你母舌，也给你味蕾。恋家爱国，从一箪一食开始。

里下河食单

米饭饼

里下河地区盛产水稻，食物也以稻米为主，面粉为辅。在“沤改旱”（只种稻子的水田改为稻麦两种的旱田）之前，小麦的种植面积非常少，因为农田多为洼地，也就是水田。在里下河，“水田”专指种植水稻的农田，而“高田”则是指又能种水稻也能种麦子的土地。一个人家富裕与否，看他们家的高田有多少，水田一是只能种一季，二是收成不牢靠，如果夏天发大水，水田就泡进滚滚水流中了，一年的收成就泡汤了。

秋天没有收成，里下河种水田的人，就跑去上海讨生活了，做什么的都有，都是苦力。能力差又脸皮厚的就乞讨，在上海，里下河口音讨饭的和凤阳口音讨饭的时常可见。凤阳花鼓，是乞讨用的，里下河的道情，也是乞讨用的。郑板桥是里下河人，他专门写了十首道情，借民间的这种特别的样式说古道今，是道情中的精品，至今流传。

淮剧也是里下河的“河剧”。淮剧多悲调，当年盐工唱的，盐工特别辛苦，在烈日下光着脊梁晒盐，像牲口似的，他们唱出来的调，注定悲凉哀怨，而乞讨人的歌不可能喜庆，也是苦词哭腔。

旧时里下河生活维艰，但里下河人对生活的热爱丝毫不受影响，甚至有些苦中作乐。比如米饭饼这种食品，就是粥馊了以后再加米粉发酵成的。

米饭饼和小面饼不一样，它是发酵过的。酵母本身也是稻米，是米熬成的粥。夏天大米粥吃不完，过了夜，就有一股馊的味道，馊的东西是不能吃的，但里下河人爱惜粮食，舍不得倒掉，用馊了的粥作为酵母，和上米粉，可以做出很好的米饭饼。现在城市里有米饭饼，但不是发酵过的，或者不是用馊的粥发酵的。

小时候，经常见到母亲将米粉加水然后投入馊了的粥里，放一个晚上，第二天早晨，摊在铁锅上，一会儿工夫，米饭饼便摊成，一进口，一股酸酸的甜，一股甜甜的酸，沁入口中，空气里也散发着米的清新和芬芳。孩子和大人的一天，就从早晨的清新和酸甜开始。

米饭饼一般不加油，也不加糖，纯粹的米的味道。前天的米和昨天的米合成今天的米饭饼的味道，你能吃出米的层次、米

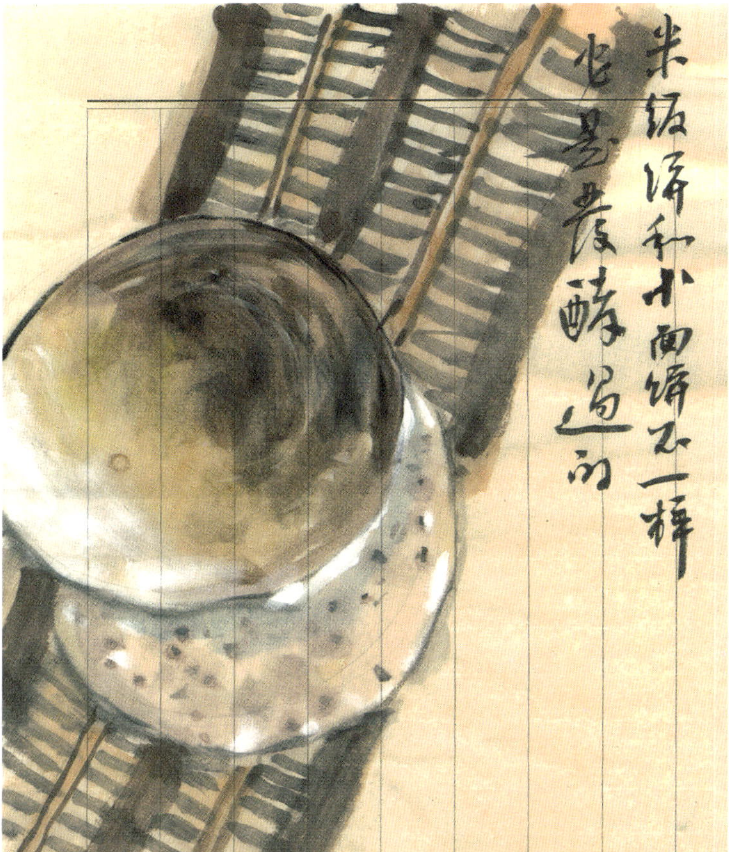
米饭饼和小面饼不一样
也是发酵过的

的新旧，如果加了油和糖，米饭饼就索然寡味了。但米饭饼夹油条，味道就异常可口了，可以说是一种绝配。纯小麦和纯水稻的融合、油和素的融合、摊和炸的两种厨艺的融合，让我联想到的是南方和北方的融合。夹的方式，显然是北方的饮食手段，荷叶饼夹烤鸭皮、肉夹馍、煎饼卷大葱，都是夹的方式。米饭饼夹油条，连造词方式都是北方的，米饭饼夹油条，现在的年轻人爱说米饭饼包油条，是不知道这种吃法的古意。

现在很多宾馆的早餐都有了米饭饼，都有了米饭饼夹油条，沿街的小吃也有了让人怀旧的米饭饼，但味道不够酸，甜得有点硬。我现在怀念的还是幼时的米饭饼，除了那样的酸甜外，米饭饼上还沾着那些大米粥的米粒儿，那些米粒儿，是记忆里的珍珠，是美食中的钻石。

高邮的鸭蛋

很多地方有特产，这些特产往往会成为这个地方人的绰号。在我的朋友圈里，山东人被戏称为“煎饼”；南京人被戏称为“盐水鸭”；绍兴人被称为“老黄酒”；一位嘉兴的小姑娘被称为“粽子”；而无锡的一位胖先生被叫作“水蜜桃”，实在反讽。我因为在高邮学习工作生活过七八年时间，来到北京工作后，一度被朋友戏称为“高邮鸭蛋”。汪曾祺先生也有过类似的境遇，不过汪先生是地道的高邮人，我是后来求学才到高邮的。

高邮的鸭蛋好吃，全中国的人民都知道高邮鸭蛋，就像知道镇江有醋、茅台镇有酒、章丘有大葱一样。高邮的鸭蛋好吃其实是高邮的咸鸭蛋好吃，咸鸭蛋和普通鸭蛋的区别在于，一个腌制过，一个没有腌制过。很多人没吃过没有腌制的高邮鸭蛋，我吃过。

没有腌制的高邮鸭蛋有一股腥味，味道很不严肃，而腌制过的高邮鸭蛋，味正。人们每天早晨吃鸡蛋不吃鸭蛋的原因在于白水煮的鸭蛋有一股腥味，而高邮的鸭蛋尤其腥。高邮处于水网地区，高邮养的鸭子叫麻鸭，是国家三大名鸭之一，是国家畜禽保护的品种。麻鸭顾名思义，就是身上花花点点，麻子一般。麻鸭在高邮基本放养在水面上，不像北京的填鸭，在那里干等着喂肥。高邮麻鸭要自己在水面上或者水面下觅食，而高邮湖与大运河广阔的水面为麻鸭提供了大量的螺蛳、小鱼、小虾等活物，吃了这些活物下的蛋，自然会格外的腥气。

而腌制的高邮鸭蛋则将这些腥味化为神奇的鲜味。汪曾祺先生在《端午的鸭蛋》一文中这样写道："高邮咸蛋的特点是质细而油多。蛋白柔嫩，不似别处的发干、发粉，入口如嚼石灰。油多尤为别处所不及。鸭蛋的吃法，如袁子才所说，带壳切开，是一种，那是席间待客的办法。平常食用，一般都是敲破'空头'用筷子挖着吃。筷子头一扎下去，吱——红油就冒出来了。高邮咸蛋的黄是通红的。"

汪先生的描述是准确的，高邮咸鸭蛋确实是别处的咸鸭蛋无法比拟的。发干、发粉是我到北方以后才体会到的，南方的咸鸭蛋倒不至于发干、发粉，但蛋黄绝不会透明似的红，以至于汪先生能听到油冒出来的声音，“吱”的声响，实在绝妙，这是汪曾祺先生文笔下高妙超群的地方。我在一首歌词中这样描述过：

千顷稼禾
万亩莲藕
芦苇荡里数乡愁
声声浓似酒
鸭蛋进口吱溜溜

“千顷稼禾”化用的是汪曾祺先生为高邮文游台的题词，或视作李一氓先生续的下联。高邮文游台是北宋时期苏东坡、黄庭坚、秦少游等人读书论文学的地方，是当地的名胜，也是登高望远的制高点。李一氓先生路过时，题下了“湖天一色”的匾额，汪曾祺先生返乡，当地希望能对上这个。汪先生略加思索，挥毫写下：稼禾尽览。李一氓是从文游台西窗看到的浩渺的高邮湖，湖天一色很贴切，汪先生“稼禾尽览”也是绝对，因为由文游台东望，则是广袤的里下河地区，或是麦浪滚滚，或是稻谷飘香，如果天气晴朗，能看到兴化的宝塔尖。当然，这是汪先生当年返乡看到的景致，如今也高楼林立，稼禾被分割其间，

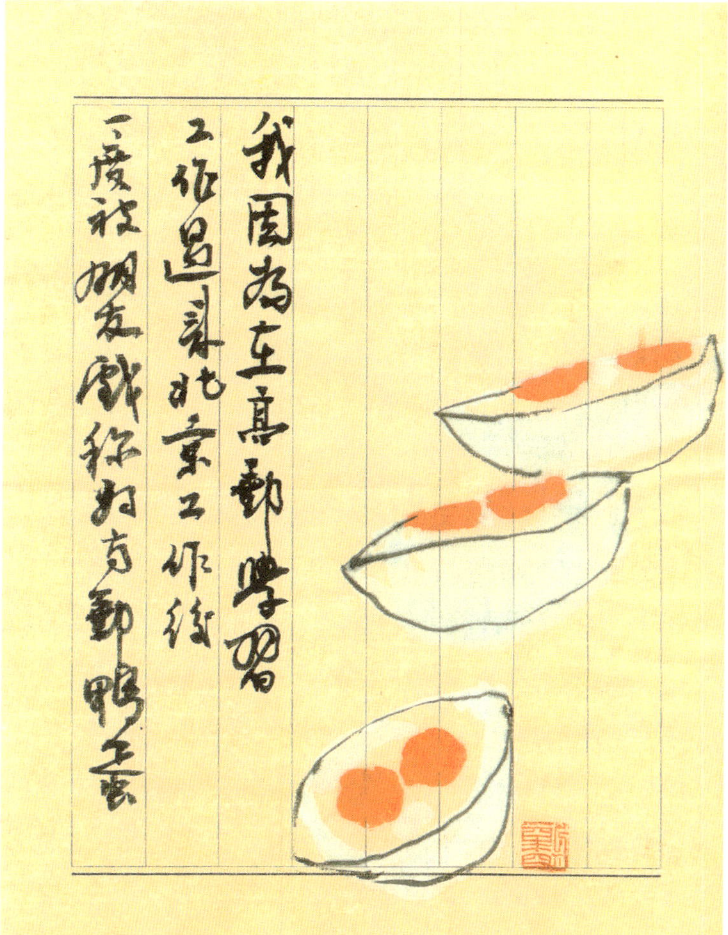
我因为在高邮学习
工作过来北京工作后
一度被朋友戏称为高邮鸭蛋

不能尽览了。

汪先生说敲“空头”吃咸鸭蛋，说的是清明后腌制的鸭蛋，好的明前的咸鸭蛋是没有空头的。那时候讲究的人家，都要在明前腌制上十来斤的鸭蛋，因为明前腌制的鸭蛋，饱满、肥硕，腌出来没有空头。在南方的美食文化中，讲究明前明后：明前茶，珍贵；明前的河豚鱼，鲜美无毒；明前的咸鸭蛋，嫩，没有空头。

我没有去认真研究为什么明前腌制的鸭蛋没有空头，而明后的为什么会有，只是觉得大概是节令的原因吧。明前的鸭子经过冬天的滋养，生命力旺盛，产的卵也分外饱满，过了一段时间慢慢有些疲态了。我见过最小的鸭蛋，像鹌鹑蛋那么小。

我自己也曾腌制过明前鸭蛋，饱满丰硕肉乎乎的，极个别的也会有空头。味道呢，自然更鲜嫩。但没有敲空头那样的“规范动作”，也少了些许的乐趣，空头敲在餐桌上的声音，也是很动听悦耳的。没有空头，有时候居然不知道从哪里下筷子是好。

高邮的咸鸭蛋好吃，左邻右舍的竞相模仿，也属正常，何况水面相似，鸭种一样，高下就在毫厘之间。我老家兴化离高邮一百里的水路，父亲一生爱吃会吃，有一次让我带上十斤家乡的鸭蛋到高邮去腌制，然后来我高邮的家品尝，他说，奇了怪了，比在家乡腌得好吃。

这让我想起了一件往事，大约是1984年，我第一次到南京的金陵饭店，有刘姥姥进大观园的新奇，记忆难忘。当时我在党史办工作，我们去采访的是1948年在高邮当县委书记的杜文白，时任江苏省政府经委主任，因为改革开放他要转向外贸，所以在金陵饭店有办公室。

他是高邮的老领导，我自然要带些土特产，首选是高邮咸鸭蛋，但杜老说，带鸭蛋来，我自己腌，放久了不好吃。还在电话里关照了一句："带点土来，南京的土腌得不好吃。"

原来如此，里下河地区的鸭子、鸭蛋和高邮的没有区别，但土壤黏，不透气，而高邮地势高，土壤润而不黏、透气，可以呼吸的鸭蛋是有灵气的。

我们从高邮带着一小口袋土来到金陵饭店，杜老接过塑料袋，居然用食指蘸一小块含在嘴里，连说："高邮的土，香啊。"

慈姑

后来我才知道慈姑也是有很多品种的。

汪曾祺先生写了一篇《咸菜慈姑汤》，让人不是垂涎，而是乡愁泛起。最后一句"我想念家乡的雪"，才是这篇文章打动人的文眼。

慈姑在里下河属于水面庄稼，水面庄稼有莲、藕、茭白、鸡米（芡实）、水芹、菱角、荸荠、慈姑等。里下河地区长期遭受洪涝，庄稼朝不保夕。俗话说，靠山吃山，靠水吃水，水面的庄稼就成了里下河人重要的食粮，以补充稻麦歉收的不足。里

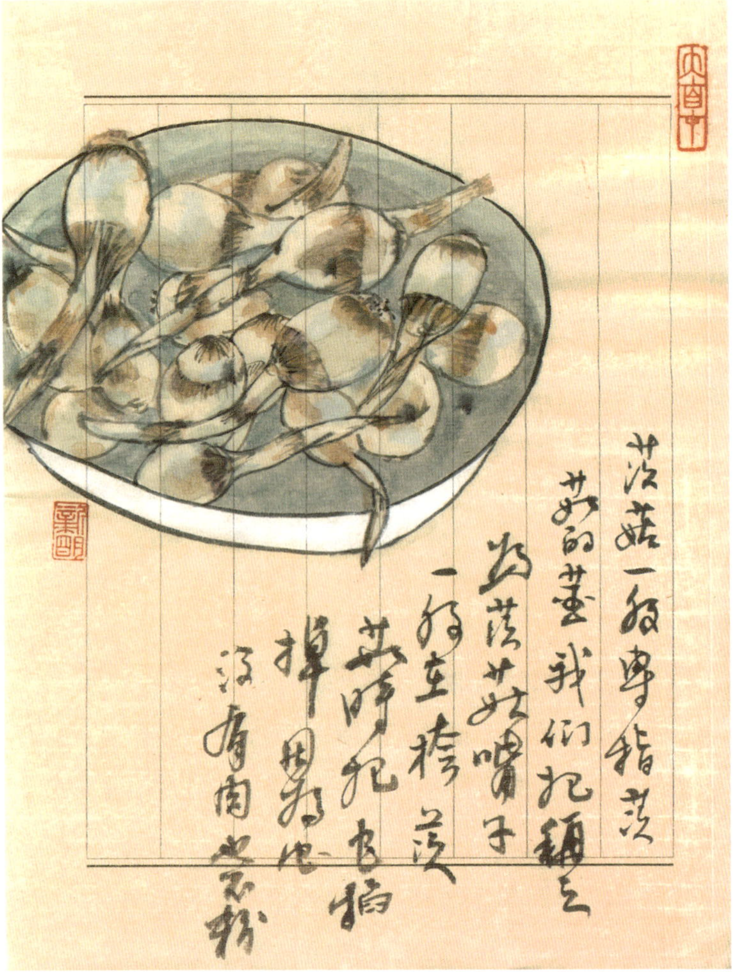

下河的人善种这些水面的庄稼，也会做各种风味的水上菜肴。

很多北方人不知道慈姑为何物，我曾经请阎晶明吃过，他说很好吃，味道像他们山西老家的山药蛋。我就和他说沈从文当年有句名言，慈姑的“格”比土豆高。阎晶明说，土豆和山药不是一回事，山药比土豆的“格”高。后来我吃到正宗的山西山药，确实比一般土豆的味道好。

王蒙先生到泰州讲课，吃到慈姑，说，像好的板栗的味道。王蒙先生的眼光确实不一般，苏州人也把慈姑称作白地栗，顾名思义，就是地下的白色板栗的意思。我们老家也有板栗，但是味道确实不怎么样，有点硬，还有点酸，和北京怀柔的板栗没法比。北京怀柔的板栗烧肉，和里下河的慈姑烧肉，确实有相似的味道，粉而不黏。大自然很神奇，生于水中的慈姑，与长在地下的山药，还有结在树上的板栗，味道居然如此相近，穿越海陆空的限制。

慈姑有好几个品种，广东的白肉慈姑、沙姑，浙江海盐的沈荡慈姑，广西梧州的慈姑等。里下河最常见的就是“苏州白”，球茎略小一点，但味道确实与板栗最相似。离开家乡后，我有机会品尝到广东、广西的慈姑，似乎不怎么对我的胃口。

慈姑最常见的烹调方法，是和猪肉一起炖，红烧，加水，焖，起锅之后，肉不腻了，慈姑则圆润可口。在我们老家，还有一种做法，叫炒三鲜，准确说法，应该是肉炒三鲜。原料是五花肉二两、慈姑片二两、卜页（豆腐皮）二两、青蒜二两，爆火急炒，肉嫩、蒜香、慈姑脆，百叶则吸附了这三者的味道，百媚横生，是一道里下河人百吃不厌、百吃百香的家常菜。

慈姑一般专指慈姑的茎块，慈姑的茎，我们称之为慈姑嘴子，一般在“挎”慈姑的时候把它掐掉，因为它没有肉，也不粉，所以常常被弃用。但也有化腐朽为神奇的，我的一个朋友曾经用慈姑嘴子烧肉，味道不同寻常，慈姑嘴子像金针菇一样排列在一起，但味道酷似现在的羊肚菌，绵柔中带着坚甜。

汪曾祺先生年轻时吃够了咸菜慈姑汤，到了晚年反而非常怀念。慈姑和咸菜做汤，是因为慈姑有点苦味，咸菜则可以去掉。四十年前，我第一次到岳父家去，曾经喝过岳母烹制的纯慈姑汤。冷盘、荤菜之后，最后上汤，慈姑汤。没有咸菜，没有肉，就是清一色慈姑炖的汤，汤色乳白，我以为是鲫鱼汤，等我看到那些圆溜溜的慈姑在汤中漂浮，颇为惊艳，一喝，果然有鱼汤的味道。我问，慈姑还能单独做汤？她说，高邮的慈姑可以，不苦。

岳母去世多年，她的这道菜我还记得。

烂藕

那个在寒风中卖藕的人哪里去了？

小镇上的冬天，有一处我们看不够的风景，藕摊，卖烂藕的，卖藕人支着个大灶，灶上是一口很大的锅。多年之后，我在

带着里下河
土壤的沉稳
和醇厚

宝华寺寺庙里面才能看到类似的大锅，那是供近百僧人喝粥用的大锅。卖烂藕的大锅没有锅盖，热气高高地升起，回旋，是冬日小镇上最温暖的所在。

大锅里煮的是藕，不知煮了多久，也不知煮了多少，粉红色的藕在锅里已经煮成了深褐色，每只藕眼里在咕咕地冒着水泡。每天放学的时候，我们会围着大锅团团转，谁家的孩子过生日了，或有外快了，我们就能尝到一片烂藕。烂藕的味道，带着里下河土壤的沉稳和醇厚，带着浓郁的香气和淀粉的糯黏，是吃藕丝、藕片等新鲜藕菜难以品尝到的。如果能够尝到一小碗烂藕汤，会让你回味一辈子。那是多少藕熬出来的莲的精华。

卖烂藕的不是本地人，打扮也和本地人有些差异，本地做生意的人一般很少"短打"，而这位卖藕的人，短上衣，戴着一顶皮帽子，下面还穿着一双长筒皮靴。不下雨也穿着。大人告诉我们，卖烂藕的都是宝应人。兴化的芋头，宝应的藕，高邮的慈姑吃不够。高邮、兴化、宝应，三县交界处是里下河最核心的地区。在那里，十里荷塘随处可见，盛夏时节，空气里飘浮的都是荷叶的清香。

三县物产近似，但各有特色。兴化的芋头粉而黏，高邮的慈姑苦中带甜。宝应的荷藕在明代就作为贡品，闻名遐迩。"荷花大曲"就是宝应的名酒，以荷花来命名酒，可见宝应作为荷花城名不虚传。宝应的藕有好几道名菜，藕夹子、蜜饯捶藕和藕粉圆子在淮扬菜里赫赫有名，不会做这三道菜的厨师是找不到饭碗的。

夏天荷花开了，很快就可以吃到藕芽了，藕芽有点像芦芽，炒着吃很脆。采藕最佳时节是秋季，这时候藕肥硕，采不完，就让藕沉在塘底。秋深了，荷叶凋零成水墨一样的枯枝残叶，冬天就到了。这时候的采藕，变成踩藕了。荷塘的水渐渐干枯，采藕人用脚慢慢地在淤泥中“寸”着，一寸一寸地用脚尖在淤泥中摸索藕的行踪，因为藕的形状不规范，枝枝节节，动作过大就会弄断，所以必须“寸”着。这是件很累的活儿，但踩藕人却很开心，像扫雷一样在藕塘里成排地移动。

冬日踩藕是件很辛苦的事情，水很冷，光着脚在淤泥中，时间长了，会冻得发抖，所以那些专业踩藕的，往往穿着长筒靴。这也就明白镇上的卖藕人为什么始终穿着长筒靴子了。

小镇的卖藕人似乎不善言语，他不像那些人吆喝着“卖烂藕了，卖烂藕了！”你递几分钱给他，他就用刀切一块给你。给一毛钱，他就给一整个的藕，然后切成片，用报纸包好，让你带走，他不用秤，都是根据钱的多少，“毛估估”。

他不吆喝，但带着一把唢呐，来代替吆喝，每当生意清冷的时候，他就吹起唢呐，来召唤顾客。唢呐声起，大家都会围过去，听他的乐声，闻藕的香气，也偶尔买他的烂藕。有人买藕了，他很开心，哧哧地咧开嘴笑了。

他喜欢吹扬剧和淮剧两种调子，我们经常听到的是扬剧，轻盈、欢快，略有诙谐，和“烂藕”的风格很搭。

入夜了，卖藕人就睡在大灶边的柴火堆上，火光照在他黑黢黢的脸庞上，有点神秘。他有时或许想家了，会吹淮剧的调子，淮剧调子本来有点哭腔的味道，唢呐吹出来更显苍凉，有时候他也会呜呜呜地哼上几句，口齿不清，听不清楚唱的什么，在寒冷的夜风中让人心软。

吹唢呐的卖藕人，是个哑巴。

扁豆烧芋头

家家都会有一挂扁豆。

扁豆占地不多，比葡萄实用。在里下河人家，如果有葡萄架的，多半是殷实之家，葡萄架的装饰功能大于实用功能。记得小时候，我家院子里曾经有过葡萄架，后来外婆来给扒了，种上了扁豆，说，葡萄又不能当饭吃。里下河的葡萄架上，好像不结葡萄，属于观赏类？还是气候品种的原因不结果？或者结的葡萄很难吃？总之，我小时候没有见过谁家的葡萄架上结过葡萄。

扁豆是可以当饭吃的。里下河的青扁豆好像特别有味道，我离开家乡之后，也吃过其他地方的扁豆，但味道都不如家乡的浓。扁豆单独做菜不是很好吃，甚至有股“青帮味”。“青帮味”是里下河的方言，指菜没有炒熟有树叶子的味道。很少有人家单独炒扁豆。扁豆的绝配是和芋头红烧，如果加点五花肉，简

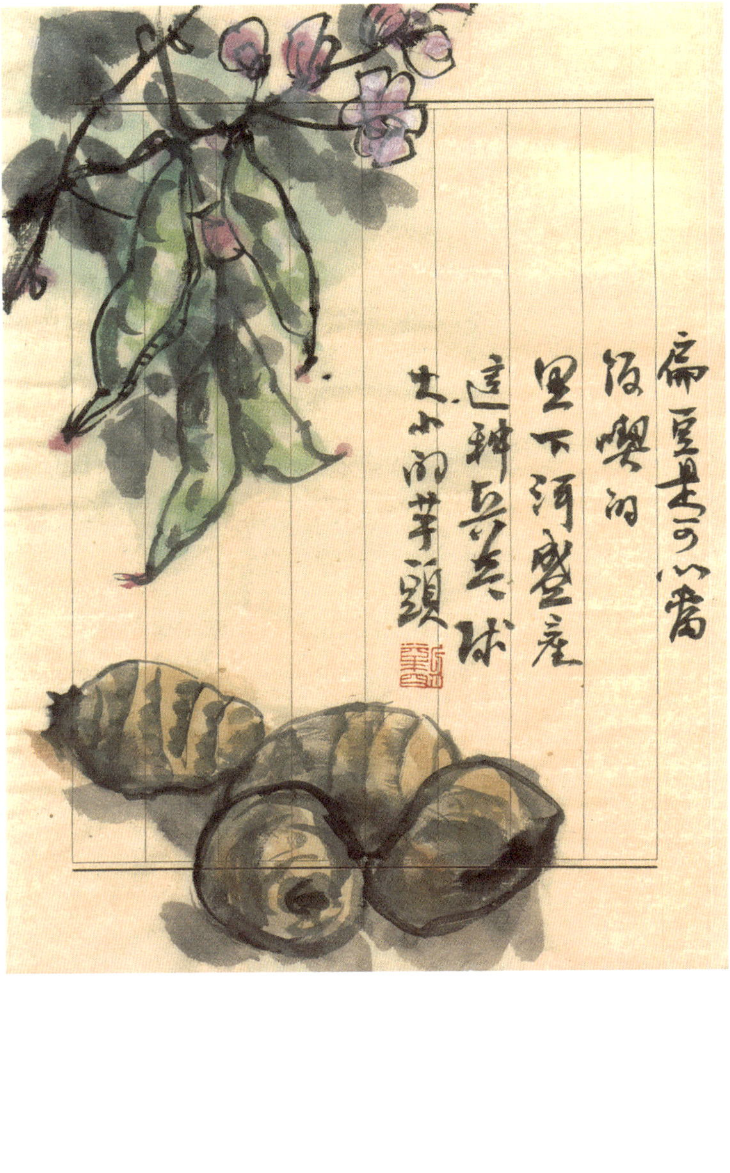
扁豆是可以當
飯喫的
里下河盛產
這种乒乓球
大小的芋頭

直就是天上人间的味道了。

很多地方都产芋头，最有名的当然是荔浦芋头。荔浦芋头的粉，确实高超其他地方一筹。里下河的芋头将荔浦类型的芋头叫作“龙头芋”，大如足球，适合做芋泥。这种龙头芋早在《史记》中即有记载：“岷山之下，野有蹲鸱，至死不饥，注云芋也。盖芋魁之状，若鸱之蹲坐故也。”是说龙头芋的形状如蹲着的猫头鹰一样，里下河将它称为龙头，也是形似。扁豆烧芋头的芋头不能用龙头芋，要用子芋。所谓子芋就是小的芋头，里下河盛产这种乒乓球大小的芋头，形似纺锤，泡在水里然后用硬币去皮，子芋就光滑地呈现出一种乳白色，下锅和扁豆一起爆炒，加入酱油，文火炖半小时左右。起锅之后，不仅扁豆味道鲜美，芋头也出奇的香，又糯而又甜，那是夏天的味道在舌尖游荡。

后来看《舌尖上的中国》才知道，兴化的芋头特别香。芋头生长的条件有点怪，它要在有水的地方种植，但又不能像慈姑那样泡入水中，那样会烂根，而兴化的垛田的地形最适合芋头的生长，垛者，水中之高田也。

扁豆有两种颜色，一种是紫红的；一种是湖绿的，开花都是桃红色的，没有香味。芋头不开花，绿绿的叶子一片一片在地上蓬勃，茎块在地下生长，像红薯一样，成熟了从地里挖出来。

扁豆极易生长，野外经常有扁豆生长，因无人采摘，豆荚往往变成了老扁豆，里面的扁豆核，很黑，像两颗黑眼珠一样。

我们小伙伴剥下来就玩“跳扁豆”的游戏。

“跳扁豆”的游戏由跳白果的游戏转变而来。因为白果（银杏）树不让种了，我们就用老扁豆替代。冬日的阳光下，我们小伙伴一人脚下夹着一颗老扁豆，往对方的“领地”跳，扁豆如果接近对方，用“尺”（尺是用稻草掐一段做成）一量，够到就赢了，收到口袋里。对方再拿一颗扁豆出来继续“跳”，等一方输完了，我们就把扁豆拿到取暖的铜“脚炉”（冬天取暖的工具，装木炭或稻草梗）里一烤，放到嘴里，嚼一嚼，喷香喷香！

螺蛳

螺蛳最平常。

里下河的人把螺蛳当作一道荤菜。猪肉鱼鸭鸡，都得花钱，螺蛳则不花钱，没菜了，到河沟里去捞一捞，荤菜就来了。捞螺蛳有工具效率高一些，有一种荡水草的揽网，用来捞螺蛳几扒拉几扒拉，就够一盆菜。当时没有塑料桶，装螺蛳用盆，陶瓷盆。没有工具也可捞螺蛳。小时候游泳，我们在码头的沿壁上，就会碰到很多踞在上面的螺蛳，它们不像其他小鱼会游走，它死劲儿踞在码头的壁上，我们用手一挪，就握在掌心了。回家就是一道荤菜了。常常在饭前看到有人在水边、在池塘里，摸来摸去的，那是在寻中午的荤菜了。

里下河水里的水产品，两类最容易捕，一是螺蛳，一是虎

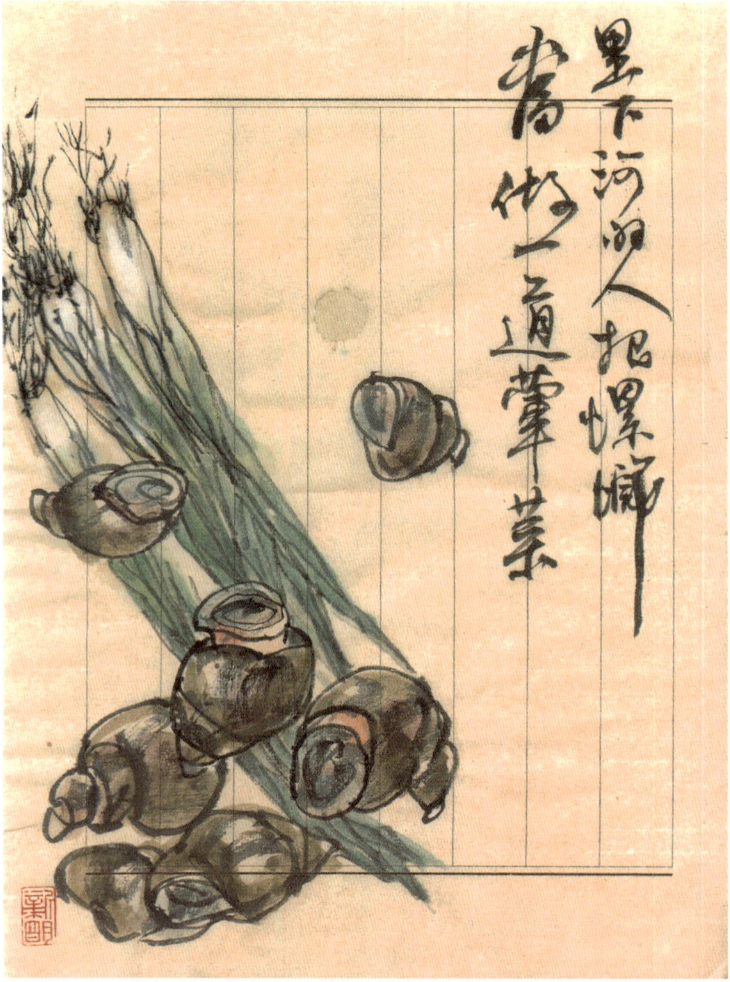
里下河的人把螺蛳
当做一道荤菜

头鲨。螺蛳是贝类，爬行慢，但虎头鲨是鱼类，也像贝类喜欢依附在岸边，或者贴着河床，人来了，不是逃跑，而是拼命往地面或岸边吸，坐等捕拿。所以里下河人把虎头鲨称为虎头呆子，那么温顺愚笨，不知道为什么称为鲨。

我小时候最不善渔，小伙伴钓鱼、捕鱼都能捉到一些智商高的狡猾的鱼，而我，只能抓到虎头鲨和螺蛳，或许它们和我一样笨手笨脚。少年时节的我，望着小伙伴们钓到甲鱼、昂刺，捕捉到黄鳝、泥鳅，我总是艳羡而叹气。

很多北方人不会吃螺蛳，因为螺蛳和其他贝类不一样，一般的贝类烧熟了，外壳就自动打开了，而螺蛳则要人吸，里下河人叫嗦。吃螺蛳大约分三个境界，第一境界是要用牙签挑出来，现在很多饭店都有牙签配炒螺蛳；第二境界是用手来嗦，嗦出螺蛳肉后，还顺便吮吸下手指，过瘾是过瘾，但其姿势有失风雅，且手上油腻腻的，现在虽然配了一次性手套，毕竟总隔一层；第三境界，就是不用手，用筷子搛到嘴里，然后螺蛳在嘴里翻滚一下，肉吸进了，螺壳吐出，由筷子夹回，一气呵成，荡气回肠。

我把这称为舌尖上的舞蹈，因为螺蛳进口后，舌尖要迅速嗦出肉来，但又不能将螺肉全部吸进。因为螺蛳壳里的肉分为两部分，前面一部分是硬的肉，后面一部分是软体，这软体就是螺蛳的内脏，属于不洁之物，有时还有泥沙，所以你必须用舌头鉴别开，用牙齿咬断，让软体留在壳里。如果不能分开，不仅会吃进螺蛳的排泄物，有时候还会吃一嘴泥沙。

最高境界是后面的软体也吃，因为后面的软体在盛夏时节包含着螺蛳的卵，其实就是小螺蛳。这些卵有点类似螃蟹的蟹黄，很有营养，味道也异常的鲜，你必须用舌尖将它们与内脏剥离开来，嗦进精华，剔其糟粕。

因而螺蛳一般要在家里“养”几天，在清水里泡着，让螺蛳清肠，去其土腥味，但也不能养得太久，久了就瘦了，肉质就木了。螺蛳养在水里，它会张开呼吸，它呼吸的模样像孩子调皮地眨着眼睛，一闪一闪的。

我们一家都爱吃螺蛳，尤其我太太，她怀孕的时候，妊娠反应就是爱吃螺蛳，里下河称之为“害儿的”。当时我们在扬州师院学习，一次在瘦西湖畔，她想到吃螺蛳，让我到湖里去摸螺蛳，时值冬季，湖面结着薄冰，敲开薄冰，我在岸边居然摸到几粒螺蛳，后来请小饭店加工，做成一碗汤，她喝得很开心。妊娠期间，她不知吃了多少碗螺蛳，后来女儿晓月聪敏，我们开玩笑说，螺蛳优生。

2021年9月17日

河蚌咸肉煲

里下河将河蚌称为“歪歪”，南京人称为“河歪”，蚌埠人则称“歪子”。不知道河蚌为什么叫歪歪，有人考证说河蚌在水下游动，是歪着走，蚌壳一张一合，蜿蜒行走，不是直线，所以称为歪歪。里下河地区有条河，横穿东西，叫蚌蜒河，那条河蜿蜒曲折，歪歪扭扭，像河蚌蜿蜒爬行的痕迹。

里下河也用歪歪暗喻女性，谁家生了女孩，有人会说，生了个歪歪。河蚌的形状酷似女性的某种器官吗？这个得让民俗学家来研究了。看戏曲《白蛇传》里“水漫金山”那一场，白蛇率领虾兵蟹将诸路水军去围攻法海的金山寺，河蚌精是由女旦所饰，红腰绿裤，张着一双妖娆的“翅膀”，一张一合，楚楚动人，而虾兵、蟹将、龟精则是须生打扮，黑胡子、黑帽檐。

里下河遍布了河蚌，儿时游泳戏水，在水里摸得最多的就是河蚌了。河蚌移动很慢，我们一个猛子扎下去，就能捞上一只河蚌，河蚌大小不一，大的很大，如锅盖似的；小的很小，和文蛤差不多。暑假的时候，我和小伙伴们经常带着澡盆去河里摸河蚌，等澡盆装满了河蚌，我们就收工了。然后上岸，几个小伙伴分战利品，一人一只地选配，从大到小，带回家做菜。

大人对我们捞的河蚌并不感兴趣，有时候放在扁的陶缸里养了好几天也不“杀”。等我长大了，发现不感兴趣的原因，一是河蚌不值钱，二是加工河蚌很费事，过程比较复杂，比加工

乳白色的湯漂着几片白
裏透红的咸肉片河蚌的肉也
泛着咖啡色的光澤

鱼的程序要烦琐。处理一只河蚌的时间，比处理一条鱼的时间要长，那么多河蚌要费很多时间。先用菜刀剖开蚌体，然后取出蚌肉，河蚌壳很大，蚌肉没有多少，再用盐水一“码”，本来庞大的蚌就剩下一小块肉，所以那些小的河蚌基本就不吃了。

最关键的是河蚌要配猪肉才好吃，咸的最好，鲜的其次。那个年头，肉计划供应，有钱也买不到。虽然河蚌不用花钱，但肉很精贵。我喝过纯粹的河蚌汤，说实在的，真的不如鱼汤好喝，腥，还有点河泥的苦涩。

咸肉河蚌炖的汤，是有钱人家才喝的。普通人家只有春节才会腌制一点儿咸肉，你看到冬月里门口挂着白里透红的咸肉，都是有背景的人家。我第一次吃到咸肉河蚌煲，是在伯父家。伯父家底殷实，因为没有孩子，负担轻，伯父又是美食家，春节请我们到他家去吃一顿年饭，也是温暖亲情。

伯父会吃，每年春节在他家里都能吃到一点儿新鲜的玩意儿。醉蟹、泥螺、龙井炒虾仁、红烧鳗鱼，都是在他家第一次吃到。1975年春节，他官复原职，又当上粮站的主任，招待我们吃好的。那一天做了咸肉河蚌煲，才上桌时，我震惊了，古色古香的瓷煲里，乳白色的汤，漂着几片白里透红的咸肉片，河蚌的肉也泛着咖啡色的光泽，几叶青菜映衬其间。伯父让我们先喝汤，汤是鲜的，带着淡淡的咸味，再吃肉，肉是香的，浓郁的腊香里，又透着河蚌的特有的泥土的芬芳。自此，我与河蚌咸肉煲结下了情结，只要有机会，必吃。

河蚌属于大凉，肠胃不好的人吃了会肚子疼，我太太就是属于对这种河蚌“过敏”的。看我爱吃，吃得那么香，在江苏时冬天经常做，但她吃了会肚子疼，放再多花椒、胡椒也不管用。后来，她就不吃了，光做给我吃。再后来，她手碰到河蚌肉肚子就疼，再后来，她不碰河蚌，看到河蚌，闻到味道，肚子也隐隐作痛。到了北京之后，也没有河蚌可吃了，这道家常菜就在我们家消失了。

还记得在伯父家第一次吃咸肉河蚌煲，父亲连连称赞，“真好喝，真好喝，第一次喝到这么好的汤”，伯父打断他，“你记性这么差，小时候经常喝的呀，家里经常做啊”，父亲说，“记不得了，记不得了”。祖母在一边擦眼泪，一边给我加汤，“多喝点儿，你小时候没吃过”。

鱼鳔花生

美食在于创新，如果没有创新，美食就会平淡，大家也会厌烦。自古到今，美食始终随着时代的变化而变化。记得汪曾祺说过，他发明的一道菜，是油条搋斩肉（肉丸子）。之前淮扬菜里有鲫鱼搋斩肉的，也有青椒搋斩肉的，还有田螺搋斩肉的，油条搋斩肉确实是汪先生的创新。现在高邮的汪味菜系里，都有这道菜，但好像没有他老人家写得那么美味。原因可能是：一，加工程序不对；二，没有旋吃。

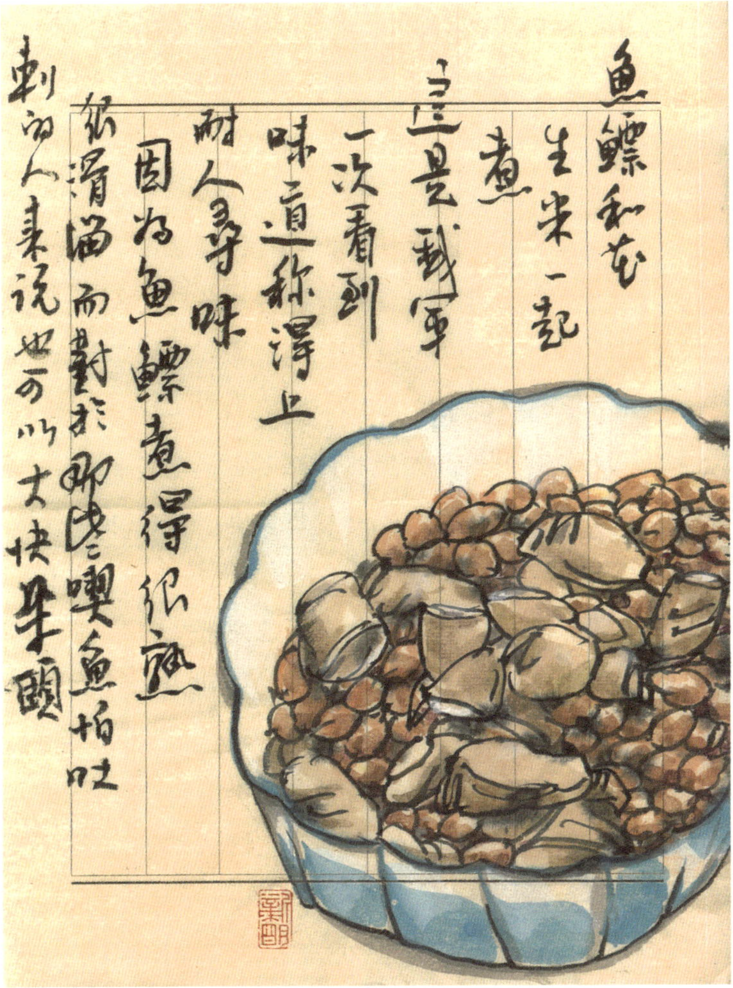
鱼鳔和豆
生米一起
煮
這是我第
一次看到
味道称得上
耐人寻味
因为鱼鳔煮得很烂
很滑腻而对于那些喫鱼怕吐
刺的人来说也可以大快朵颐

汪先生“发明”这道菜，可能是来自临时的灵感，属于急就章。我看到女作家袁敏写的文章里，说在他家就看到早餐桌上剩下的油条，中午成了菜肴。关键是油条要“旋吃”，如果和肉丸子（斩肉）一起吃，更不能冷着吃。而现在我们在饭店吃这道菜时，从做好到吃往往要耽误一段时间，这一耽误，油条软了，肉凉了，二者原有的脆、软、爽的风味就会大大地打折扣。而汪先生是在家里做的这道菜，他家的厨房加餐厅的面积也就几平方米，“上菜”时间30秒，所以这道油条搋斩肉自然会脆酥爽口。

国庆前夕，回到老家吃到了一道新菜，鱼鳔花生，这是友人冬华的“创作”，可和汪先生发明的菜媲美。

水乡鱼多，杂鱼是美味，鱼杂也是美味。杂鱼就是把各种各样的小鱼伙到一起烧。鳑鲏、泥鳅、铲鱼、鲫鱼等一锅煮，有时还会有几只虾掺入其间，辅以姜蒜酱油醋，当然，荤油（猪油）是不可少的。这杂鱼是上不了台盘的，但味道比那些上台盘的大鱼的味道还要鲜美。

鱼杂也是上不了台盘的。鱼杂是指剁鱼剩下来的鱼内脏，鱼子、鱼肝、鱼肠、鱼胆，还有鱼鳔。鱼胆剧苦，一定要剔除，还不能弄破，否则这鱼就苦不堪言，下不了筷子。鱼肝、鱼子是可以吃的，有时也留在鱼的体内。鱼肠子形象不雅，一般也不会上桌。

北方的朋友可能不知道鱼鳔为何物，鱼鳔是个气囊，用脚一踩，啪的一声，很脆，像气球爆炸。鱼鳔是鱼用来呼吸的，因为鱼没有肺。后来知道，鱼鳔还是用来调节鱼浮沉的节拍器，鱼浮动下沉，都是由鱼鳔来决定的。因而鱼鳔在鱼的部位中是最有弹性的一块，也是鱼身上最有咬劲的一块，如果和鱼放在一起烧，往往不够烂，吃起来嘎吱嘎吱地响，不雅，一般也不上桌，和其他的鱼杂一起煮，有时也加点咸菜。成了鱼冻之后，喝粥最佳，也下酒。

鱼鳔含有丰富的胶原蛋白，据说可以美容抗衰老，广东人爱吃鱼鳔，他们称鱼鳔叫鱼胶，鱼胶做成的一道名菜叫花胶，很有名，很受女士的青睐。不过广东的鱼胶是海鱼的鱼鳔干熬的，里下河的鱼鳔全是河鱼的，鲜的。

鱼鳔和花生一起煮，这是我第一次看到。味道称得上耐人寻味，因为鱼鳔煮得很熟，很滑溜。而对于那些吃鱼怕吐刺的人来说，也可以大快朵颐。但如果不咀嚼，鱼鳔特有的筋道就体会不出来，就和肥肉无异了。花生米是酒桌上必不可少的下酒菜，但有些味寡。鱼鳔加入花生米之后，鱼鳔就不能合口吃了，在咀嚼花生的同时自然也就咀嚼到鱼鳔的筋道和绵软，与花生米的清脆相得益彰。

这是最典型的下酒菜，光一盘鱼鳔花生，两人喝一壶一点问题也没有。

鱼，我所欲也；花生，亦我所欲也。如今，二者兼得，不亦乐乎！

2020年10月2日于凤城河畔

脂油菜饭

2021年6月在扬州图书馆做讲座，馆长朱先生是资深美食家，知我好美食，他问我想吃点什么家乡味道。我想了想，说："脂油菜饭。"

里下河的人把猪油叫作"zi"油，现在一般写作脂油，其实里下河人是没有卷舌音的。古音的"猪"是不是读作"zi"，我没有做过考证。猪油分为两种，一种叫板油，一种叫网油。板油应该说是正宗的猪油，很白，形状也见方，有的像麻将的白板，板油出油率高，味道也好。网油则要次一些，形状成网络状，故名网油，网油出油率不高，但油渣儿很香。

父亲原来在供销社工作，买猪油方便，而且都是板油。后来父亲被派到村里去办供销点，人走茶凉，一开始还能买到网油，后来渐渐地就买不到了。靠供应的四两油票是不够吃的，母亲就用肥猪肉熬油，虽然出油率不高，但炒菜、做汤撒点油花总是很香的。熬出来的猪油渣儿，也舍不得一次性吃掉，每次氽汤放一块，简直是"四季飘香"。

菜泡饭是杭州菜里最常见的主食，青菜和米饭加水煮成，是稀的。菜饭则是干饭，估计各地都有。里下河流行的脂油菜饭是这么做成的：先把青菜放在铁锅里爆炒，然后放水，再放大米，最好是粳米，籼米不黏，吃到嘴里有点渣兮兮的。记得当时为了追求单产量，普遍不种粳米，很少有粳米，母亲就在籼米

美人洁手出芙蓉
没有化妆没有首饰

里加点儿糯米，增加黏度和弹性。

那天，朱馆长关照他的厨师朋友定制了这道“脂油菜饭”，厨师是高邮人，一听，心领神会，说，“小时候的味道”。晚饭开始前，我说，别上凉菜，先上主菜，脂油菜饭。当时桌上的客人愣住了，他们心里想，怎么没开席，就吃主食？我说，这道菜必须第一个吃，因为大家的舌尖现在比较纯洁，没有其他的味道，味蕾也是最敏锐的，如果吃了其他的菜肴，味觉就会被污染了。脂油菜饭属于素颜美人，清水出芙蓉，没有化妆，没有首饰，在我们味蕾最敏感的时候才能体会到它的妙处。等油腻的大菜一上桌，舌头变疲劳了，就吃不出脂油饭的原汁原味了。

众食客一听，深以为然。我一一为食客装上菜饭，然后让每个人用筷子去挑一块脂油放进菜饭里搅和搅和，然后再拌上一小勺子辣酱，不是四川的辣酱，是里下河特有的红青椒酱。于是白的猪油、绿的青菜、晶莹的米饭粒、红红的辣椒丝，宛若初夏的荷塘，荷叶碧绿，荷花浅红点点，悦目，胃也蠕动起来。我说，吃吧，大家动筷子，连连称赞，好吃好吃，我连吃两碗，才放下筷子，发现盛饭的大盆已经所剩无几了。

饭后，朱馆长悄悄说：“你发现没有，这脂油不是正宗的板油，是肥肉熬的。”我说：“朱馆长果然是超级吃货，油的味道也辨别出来了。”朱馆长解释说：“现在饭店不用猪油，都是用高汤，他们临时用肥肉熬的。”

我心里暗喜，这正是我要的味道，因为当年母亲做的脂油菜饭，油也是肥肉熬的。

米块与抹布

我回泰州，朋友华邀请我在江边吃美食，他是深谙美食三昧的行家，每次都给我惊喜。这一次也不例外，依然很家常：咸肉蒸饭。咸肉薄如蝉翼，灯光下透着红白相间的玛瑙光泽，米饭是新鲜的稻米，蒸得恰到好处。我一口气吃完一碗，连肉带米饭，连声夸：够味，够味。

记得上一次他的创意是鱼泡（书面写为“鱼鳔”）花生，好吃至极，我著文《鱼鳔花生》在《羊城晚报》上发表之后，很多朋友都想尝尝这道美味，我说，那得提前备料，一条鱼只有一个鱼泡，一盘鱼泡花生怎么也要十支，虽然鱼泡不值钱，但不是说有就有的。当然，到里下河去，就方便多了，哪个食堂，哪个餐厅，一天不杀几十条鱼啊。

席间，我对咸肉蒸饭赞不绝口，华说起当年上中学的往事。他中学时有个年龄比他大的大哥，处处都护着他。那年头，吃肉是极奢侈极奢侈的，能吃到米饭已经是大餐了，更多的时候是喝麦片粥，粥里加点大米，能吃到一块米块，那个香啊。华的大哥告诉他，打粥的时候要将饭勺沉入锅底，轻轻移，慢慢提，能捞到大家伙。这个大哥对他特别友好，每次捞到米块，都与他分

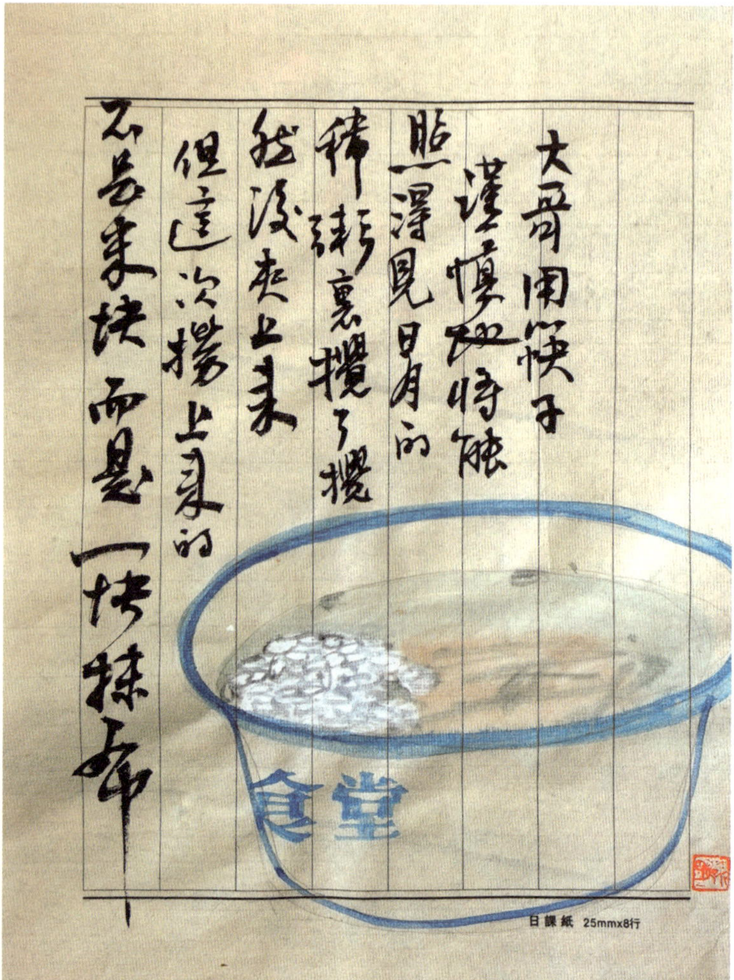
大哥用筷子
謹慎地將飯
照得見日月的
稀飯裏攪了攪
然後夾上來
但這次撈上來的
不是米块 而是一坨辣椒
食堂
日課紙 25mmx8行

享。有一次，打完粥，他向华努努嘴，示意华到食堂外面去。华捧着粥碗，跟随他来到食堂外。他神秘地对华说，今天捞到“大鱼”了，分你一半。原来大哥怕在食堂引起同学们的公愤，悄悄来到外边和华分享他的超级大米块。

华也很兴奋，期待超级大米块的出现。大哥用筷子谨慎地在能照得见日月的稀粥里搅了搅，然后搛上来，但这次捞上来的不是米块，而是一块抹布。大哥很失望，说，这些厨师太马虎了。华忍不住扑哧一声笑了，大哥也跟着笑了。我和华说，今天我们不仅吃到米块了，还吃到肉，和那时比起来幸福多了。

春节期间，我和高中同学姚相聚。姚外号大个子，一米八五，当年在篮球队当中锋，我是控卫，我们经常在空中连线，屡屡有好战绩。姚同学个子大，饭量也大，经常吃不饱。当时我父亲在供销社工作，我们家比农家子弟的生活要稍好些，姚同学偶尔来我家蹭饭，但他太能吃，一次能吃一钢精锅饭，我们就有点敬而远之了，毕竟大家粮食都有限。春节相聚的时候，大家不免“忆苦思甜”，我说到华讲的那个米块与抹布的故事时，姚笑了。他说，他也遇到过类似的事。大个子吃不饱，就主动帮学校的食堂打义工，可以吃点儿残羹余汤，但那时计划定量，“油水”也不多。大个子近水楼台先得月，开饭前，他给自已先打上一碗粥，当然捞足米块。有一次大厨发现粥太清汤寡水，有点生疑，发出一声：咦——？大个子有点慌张，一不小心将一块蒸馒头的纱布掉进了粥桶里，粥一下子显得黏稠起来，量也满满的，快溢出粥桶边了。正好打饭的同学前来抬粥桶，大个子也来不及解释，对同学说："慢点慢点，别洒出来。"我们几个同学听大个子讲罢，又好气又好笑，说："难怪学校的粥那么稀薄，原来被大个子搞了'腐败'。"

大个子要长华十岁，华在长江边，我等生活在里下河腹地，相隔一百多里，也就是说，我们念中学的时候，华还没有上小学，时间和地点都没有"连线"的可能，但事情如此诡异地发生交集，奇也。

人之食性，逾时空也。

2022年3月24日改定于润民居

醉蟹 醉虾 泥螺

醉蟹被汪曾祺先生称为"天下第一美味"，是美食中的美食，极品中的极品。我也是这么认为的。我曾送过兴化中庄的醉蟹给汪先生，他舍不得吃，放在冰箱里。听汪朗讲，吃的时候还"护食"，不让别人下筷子。他去世之后，我送给他的醉蟹还没有吃完，还有几只在冰箱里。

醉蟹好像只有里下河才有，浙江很多的饭店也有醉蟹，但不是河蟹，是海螃蟹，也叫梭子蟹，梭子蟹醉了也很有味道，但和醉河蟹不是一个味。

醉虾醉
蟹之美
而是醉
泥螺

做醉蟹要先把螃蟹洗刷干净，用鬃毛刷子刷，不能用钢丝刷子，螃蟹会疼。刷干净以后，放到清水里，过一个时辰再刷一次，再放到清水里，如此三次。螃蟹洗澡洗干净了，再把螃蟹放进坛子里，坛里放满酒，然后把螃蟹一只一只放进去，如果数量多，则备一只大缸。螃蟹在坛子里闻到酒的芬芳，会很兴奋地爬几圈，然后很享受地停下来畅饮美酒，慢慢地舒展身体，沉睡。螃蟹平时张牙舞爪的，但醉了以后，手足松弛，一派天真。待它们“入睡”以后，再加入姜蒜盐醋等调料，大约一周后，就可以开坛了。坛盖甫一打开，鲜香扑鼻。

醉蟹以兴化中庄的最为有名，据说中庄醉蟹曾经参加过巴拿马国际博览会，那届博览会，茅台获得了金奖。

醉虾也叫呛虾，好像比醉蟹历史要早，在唐朝就有关于呛虾的记载，北宋苏东坡也曾著文谈过“虾”与“蝗”的“互化”。不过，醉虾吃相比醉蟹要生猛得多，那些饕餮之徒往往不等虾完全“沉睡”便开始下筷子，一些饭店甚至将其命名为“活蹦活跳”。当然，一些人是不大愿意吃醉虾的。醉虾原来只醉白虾，因为白虾小，容易醉透，且味道鲜嫩。自生猛的粤菜传入里下河之后，也随着白虾数量的骤减（白虾对水质的要求极高），人们开始用青虾做原料了，青虾个儿大，不容易“醉”，且须重壳厚，吃起来不如白虾那么利索，醉的白虾吃的时候和螺蛳差不多，一嗦肉就出来，然后用舌尖剔除虾壳，吐到盘子里。青虾的肉青色，不似白虾那么晶莹。

醉虾的做法也颇多元，有用白酒的，有用黄酒的，没有用米酒的。醉蟹则一般不用白酒，最好的是用糯米酒“养”出来的。白酒度数高，醉出来的螃蟹酒味太重，会盖过螃蟹的鲜味，而米酒度数低，味道甜，螃蟹是慢慢饮醉的，是快乐的。白酒则是将蟹呛晕的，螃蟹的肉会收缩而变得有些老，甚至僵硬。现在流行的醉虾做法，是用一玻璃瓶子把虾放进去，然后倒酒，加姜蒜醋，酱油也是有讲究的，要生抽。杭帮菜喜欢用腐乳，再加蒜花。里下河不用腐乳，爱用盐须，盐须即香菜，学名芫荽，原来里下河的人还是有点文化的，只是把字写成了同音字。

我还吃过里下河厨师做的醉螺蛳，但味道有点木，不如醉蟹、醉虾，也不如炒螺蛳鲜美。

能够兼得醉虾、醉蟹之美的则是醉泥螺了。泥螺是我国东南沿海的特产，生长在海边的滩涂上，也称黄泥螺。泥螺如果不醉，味道平平，但加入黄酒醉了之后，就有了醉虾的鲜嫩，又有醉蟹的娇媚，同时还有螺蛳的劲道，可以说醉泥螺是浓缩的里下河的食之晶。

似乎口味重了些，且是“小菜”。

2021年10月16日于青岛莫奈花园

蚬子汤

不见蚬子汤，久矣。

2021年5月，行走里下河时，我在盐城的射阳，喝到了久违的蚬子汤，才想起家乡还有这道美味的存在。

蚬子属于贝壳类的水产品，但很多人以为是海产品，在广东、福建等地，蚬子确实是海鲜类，但里下河的河流湖泊也盛产蚬子，尤其是那些大河，比如射阳河、中堡湖、九龙口的河底就“潜伏”着大量的蚬子，它们属于淡水水产品。

小时候，我在街上见过卖蚬子的，蚬子的颜色挺丰富，以白色为主，有的青色，还有的是酱红色的，长相有点类似文蛤，但比文蛤要小一号，甚至小两号，我起初以为是幼的文蛤，后来才知道它们不是一家人。

蚬子在水产品中属于草根，不仅因它匍匐着水底的淤泥生活，还因价格低廉，品相寒酸。说寒酸，是因为蚬子肉煮出来以后，很不起眼，实在上不了台盘，因此蚬子很少单独成菜，一般是和韭菜炒。蚬子似乎和春天一起来到我们的生活中，暮春三月，春韭碧绿，蚬肉白嫩，二者相逢，佳肴一道。

更多的时候，蚬子是用来做汤。蚬子汤是里下河的最家常的名菜，尤其蚬子豆腐汤，白得乳汁似的，鲜嫩可口。沿着射阳河行走，沿街都有写着蚬子汤的菜谱，可见这道菜深入人心。一碗蚬子汤，鲜翻了整个里下河。

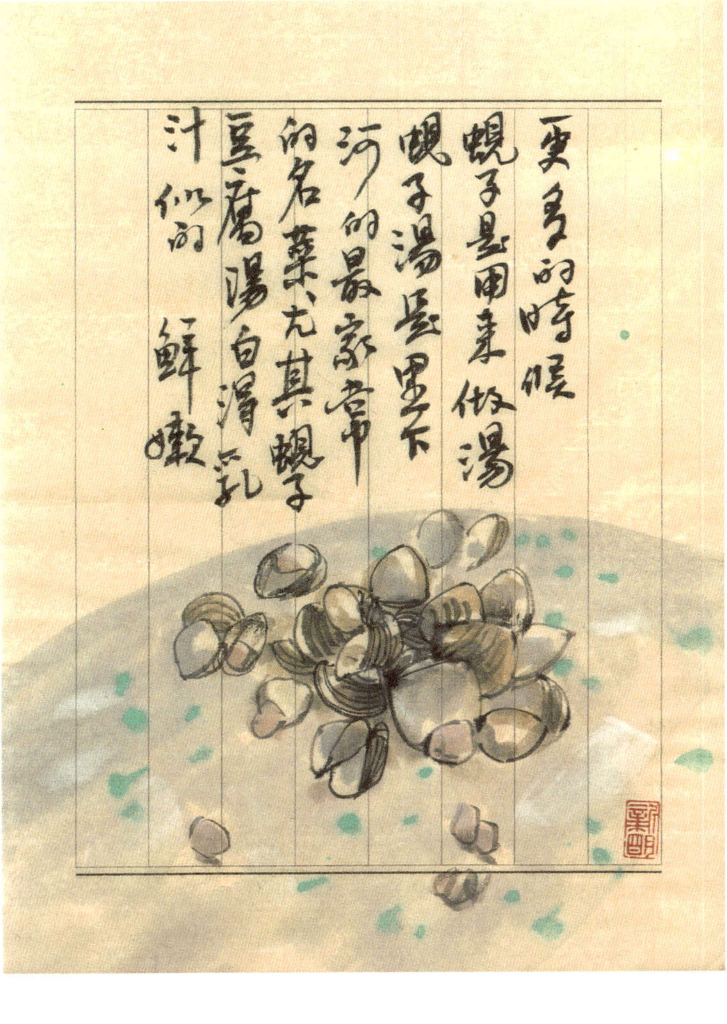
更多的時候
蜆子是用來做湯
蜆子湯是里下
河的最家常
的名菜、尤其蜆子
豆腐湯白滑如乳
汁似的 鮮嫩

蚬子汤并不是一次加工而成的，需要经过两道程序。先是将蚬子放到铁锅里，用开水“响”下。小时候不知道这个“响”什么意思，现在发现这是一种修辞，是将象声词当作动词使用。水烧开了，蚬子放到锅里，就会发出“吱”的响声，那些蚬子就张开了嘴似的，含着的一块蚬子肉，人们就将这块肉“拆”下来，放在碗里，然后将壳子倒出去。春天的里下河，很多人家家门口，都堆有一个小山似的蚬子壳堆，如果晚上出门，月光下看到白花花的一大片，必定是蚬子壳无疑！

蚬子响出来的第一道汤并不白，反而有些湖蓝色，来自湖心底的那种透明的蓝，仿佛在告诉人们它的出处，来自湖心。第二道程序要将拆出来的蚬子肉放进锅里和豆腐一起熬，不一会儿，汤就出来了，出奇的白，牛奶一样的白，蚬子肉如小鱼肉一样的嫩，滑溜溜地和白汤一起进入口腔、漫过舌尖，舀了一勺又一勺，不过瘾直接用碗端着喝。

春天过去了，蚬子也逐渐稀少起来。人们为了存放蚬子，就将蚬子响出来拆出肉，放到玻璃器皿中贮存起来，将来熬汤时，挑一块放进锅里和豆腐一起煮。射阳河盛产蚬子，吃不完就熬，暮春时节，射阳河从上游到下游两岸都飘着蚬子汤的鲜味，当年最多一天可产万斤，一个镇上就有四五十家大灶煮蚬子，旁边放着一米深的大缸，堆满了蚬子肉，运到上海、南通、扬州等城市。

我家乡的卤汀河和蚌蜒河也可捞出蚬子，记得小时候游水一个猛子扎下去，就能捞上一捧蚬子。那些小河小沟也有蚬子，只不过没有大河的数量多。但近几十年来，却不见蚬子的踪影。原来，蚬子特别娇嫩，对水质的要求特别高，几乎容不得半点污染。现在很多地方没有蚬子，是因为水质恶化，白鱼、白虾、蚬子这些水生物是不堪污水的，它们没法生存在工业排泄物中。而另一种怪物小龙虾，在工业排泄物的污泥浊水中却如鱼得水，张牙舞爪，疯狂生长，也渐渐成为饕餮们的美食。以至于对今天的很多年轻人来说，只知小龙虾，焉知蚬子？

“鱼”犹如此，何况人乎？

秧草

汪曾祺先生说他小时候吃咸菜慈姑汤吃腻了，我则是吃秧草吃怕了。

秧草的名称很多，上海人叫草尖，南京人叫草头，里下河人则叫黄花草或花草，比较流行的说法是秧草，其实学名应该叫苜蓿。因为开黄花，所以叫黄花草。叫草头和草尖，则是比较准确的说法，因为秧草的叶尖嫩，才能入菜。南京人爱吃一种野菜菊花脑，我一直以为写错了，其实也是菊花草头的意思。

苜蓿来自西域，是张骞出使西域带回中原的，原来是喂马的，在里下河则用来喂猪。二十世纪七十年代大兴养猪，猪饲料跟不上，里下河到处种起了秧草，河面上则放养了大量的水浮

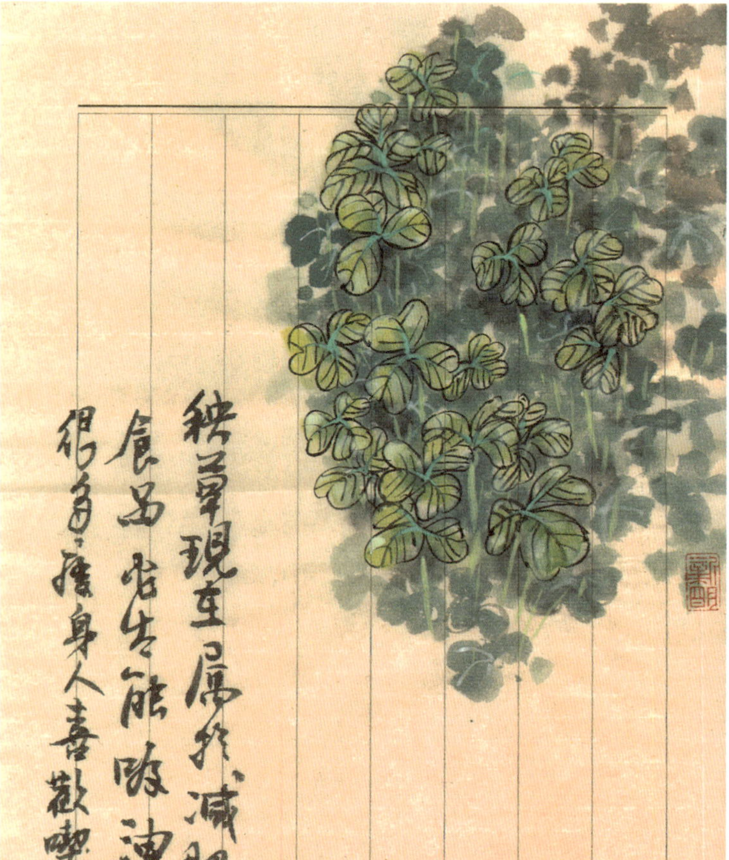
秧草現在屬於減肥
食品也能吸油
很多瘦身人喜歡吃

莲。这两种植物一在岸上一在水上，不需施肥和管理，疯狂生长。水浮莲开白花，秧草开黄花，也是里下河的一大景观。

靠山吃山，靠水吃水。水浮莲有人吃过，难吃，也不耐饿，秧草则大量摆上餐桌。青黄不接的春天，家家都在吃秧草，因为蔬菜不让种了，而秧草可以“顺”回家，农民在田边掐了草尖，用草帽装着，就带回家了。秧草的再生能力很强，第一天掐完，第二天又长出碧绿的新芽来。

秧草现在属于减肥食品，它太能吸附油了，很多瘦身人士喜欢吃它。初春时节，明前的秧草尖还是很清新的，用一大勺菜籽油下锅清炒，一股碧螺春的清香，飘溢出来，很下饭。但当时食油计划供应，很多人家舍不得用油炒，往往先用盐煮下，再滴几滴菜籽油，这样的秧草也就聊以充饥罢了。

去年在南京图书馆做讲座，住在中央饭店，朋友邵请我吃夜宵，发现对面一家小饭店灯火明亮，人声鼎沸，我们好不容易找到一个位置，一看菜单，居然有炒秧草，久违了，点了一盘。我觉得特别鲜嫩，从来没吃过味道这么好的炒秧草。一盘吃毕，发现盘子上明晃晃地留着一层金黄色的菜籽油，灯光下，熠熠发光。当年，我在家炒秧草，曾偷偷地放了小半碗菜籽油，味道好多了，我还担心被父母责怪，以为锅上会有油迹，一看，锅像水洗过一样，干干的，不见一丝油痕。秧草太能吸油了。

想起了老家的一句谚语：礼多人不怪，油多菜不坏。

神仙汤

神仙汤也叫三鲜汤。不知道其他地方有没有这样的汤，这或许是最里下河的一道菜，明明已经很苦了，还要做出高大上的范儿，也是里下河人面对苦难和贫困的一种乐观和通达。

午饭没菜，来了客人怎么办，冲一碗神仙汤。自己可就咸菜吃饭，来了客人不能怠慢啊。于是，神仙汤来了。为什么神仙汤是三鲜汤呢？三种调料组成：酱油、猪油、胡椒粉。先放酱油，再加猪油，然后开水一冲，再撒点儿胡椒粉，一碗色香味俱有的神仙汤就完成了。颜色琥珀色，猪油在汤面上荡漾着诱人的涟漪，翡翠似的透明，胡椒的浓香飘过汤面，在屋子里回旋，用汤勺尝一口，鲜，鲜，神仙，只有神仙才能尝到这样的味道。如果加点儿葱花，翠翠的绿色更是郁郁葱葱。

起初不理解为什么有神仙汤这样的菜，等我到了北京才发现，原来不是所有地方的人吃饭都像里下河人那样，用餐必有一汤，其他菜可以没有，但汤必须有。而北方不一样，比如就着大白菜吃馒头，不会有神仙汤出现，吃完了喝点儿开水就可以了。你到里下河的餐桌上去看，怎么也得有几个汤，所以汤汤水水、鱼鱼虾虾，是里下河食单里最常见的。

前不久，一位老乡请我吃家乡菜，我说能不能做出神仙汤？他在厨房里忙活了半天，终于做出来了。有葱花，有胡椒粉，味道很近似，但没有猪油，用麻油（北京人说的香油）冲的，香是

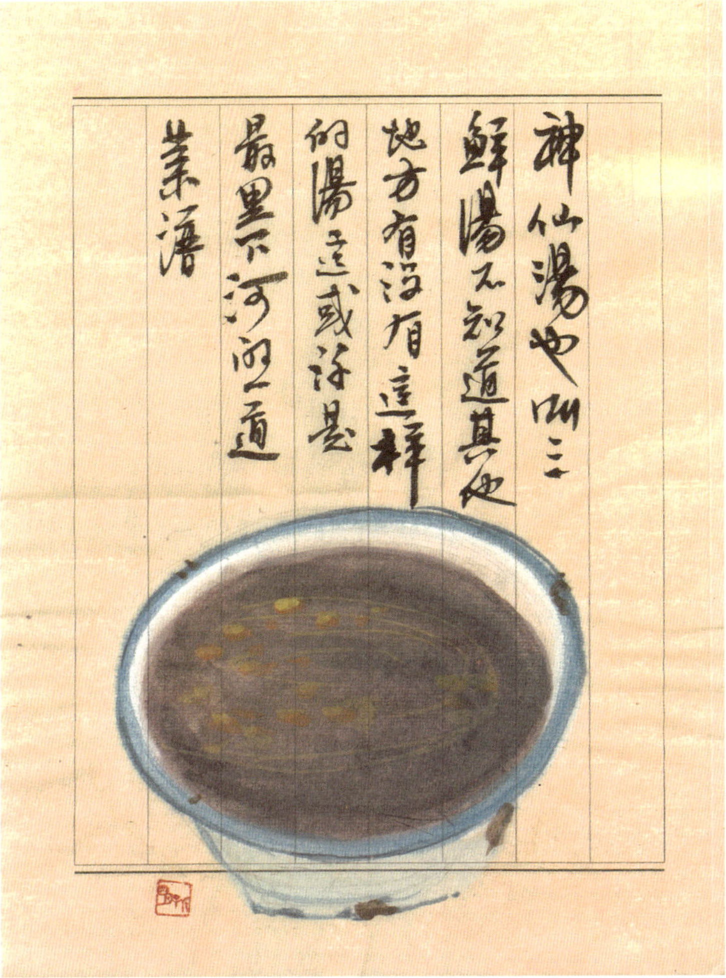
神仙湯也叫三
鮮湯不知道其他
地方有沒有這樣
的湯這或許是
最里下河的一道
菜譜

很香，但没有猪油泛起的涟漪，尤其是猪油被开水冲出来的那股傲娇的气息。我有些若有所失。

失去的是什么？饥饿感。

小公鸡炖毛豆

小公鸡指没有打过鸣的雄鸡，里下河俗称公鸡猴子，毛豆是黄豆的青豆，里下河称黄豆米。

小公鸡羽毛灿灿，毛豆豆衣茸茸。

小公鸡炖毛豆，是里下河农家最家常的待客贵菜，公鸡现抓，毛豆现拔现剥。公鸡猴子（仔鸡）是家里养的，毛豆是田边种的，里下河的黄豆都种在村边、屋后、路旁、池畔，不占用耕地。初春时节，家家都会买一窝鸡雏，浅黄的一片，散养着。到了夏天，母鸡下蛋，咯咯地交响在村头村尾，彼此呼应，相闻相问。

时公鸡猴子的新冠似出未出，黄豆的豆荚渐渐鼓起来。毛豆老了，成熟了，叫黄豆。小公鸡长大了，留下的会做种鸡。里下河的黄豆大部分被当作毛豆吃了，里下河的小公鸡大部分则用来招待客人。

来了客人，薅住一只鸡，再去拔一把黄豆秸，在黄豆秸上摘下豆荚，将毛豆剥出来，毛豆带着茸茸的豆衣（千万不要去掉豆衣），直接下锅，和鸡块一起爆炒，然后快火炖几分钟，即可

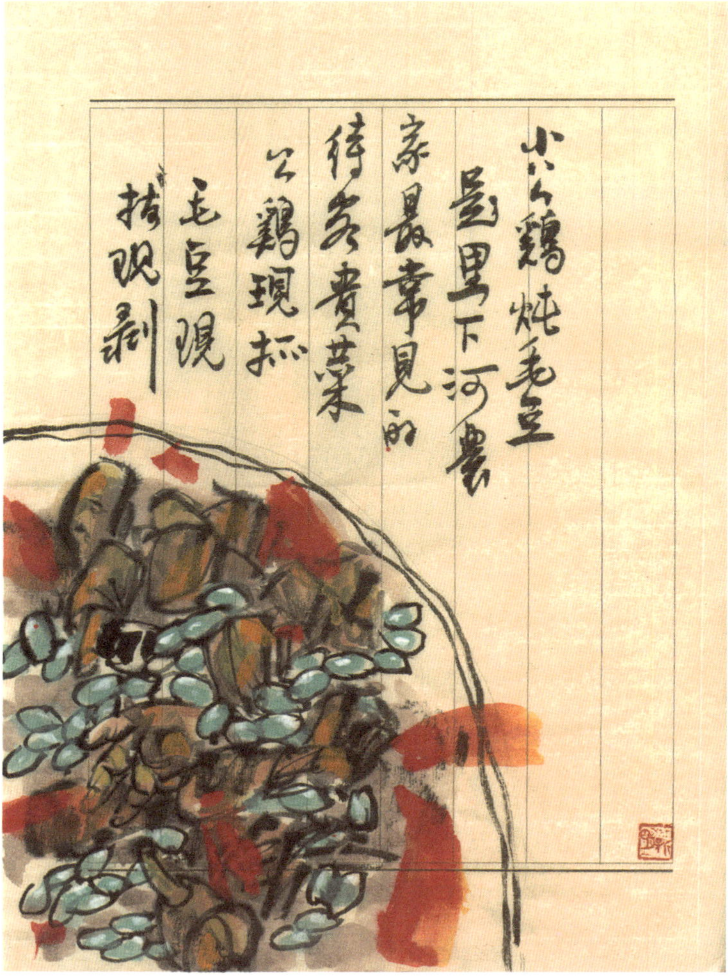
小公鷄炖毛豆
是里下河農
家最常見的
待客菜
公鷄現殺
毛豆現
摘現剥

起锅，少许酱油少许盐，其余的调料则是多余。

这时候，筷子上的是里下河初夏的热烈的气息，是青葱与青葱的组合，清新、青色、青春。

窗外，豆秸晾晒在路上，慢慢变得金黄，冬天会成为柴火，灶火映得村姑小脸红扑扑的。公鸡羽毛则晾在农家的屋顶上，五彩斑斓在阳光下熠熠生辉。冬季，用羽毛做的毽子在女孩子脚尖飞舞，轻盈如云，那是夏天的精灵在翱翔。

水瓜

离开老家来到高邮，才知道水瓜并不是到处都有。

水瓜和菜瓜很相似，但比菜瓜更水，所以我们的菜瓜可以腌制成咸菜，但水瓜不能，一见盐，就没形了。水瓜也不能炒菜吃，一下锅，就变成水了。

不仅高邮人不知道水瓜，兴化城上的人也认为水瓜就是菜瓜。水瓜好像只在兴化的周庄、陈堡一带，姜堰的溱潼一带，江都的吴堡一带才有。我问过里下河的很多朋友，他们也不知道。有一次一位热心的朋友还专门快递“水瓜”给我，我打开一看，是菜瓜，长得像水瓜的菜瓜，一般菜瓜是碧绿色的，也有一种菜瓜是乌绿色的，但形状不一样。

水瓜应该是菜瓜的一种，颜色是深乌绿色的，形状有点像橄榄球，但比菜瓜脆，也比菜瓜甜。水瓜不能做菜，只能生吃。

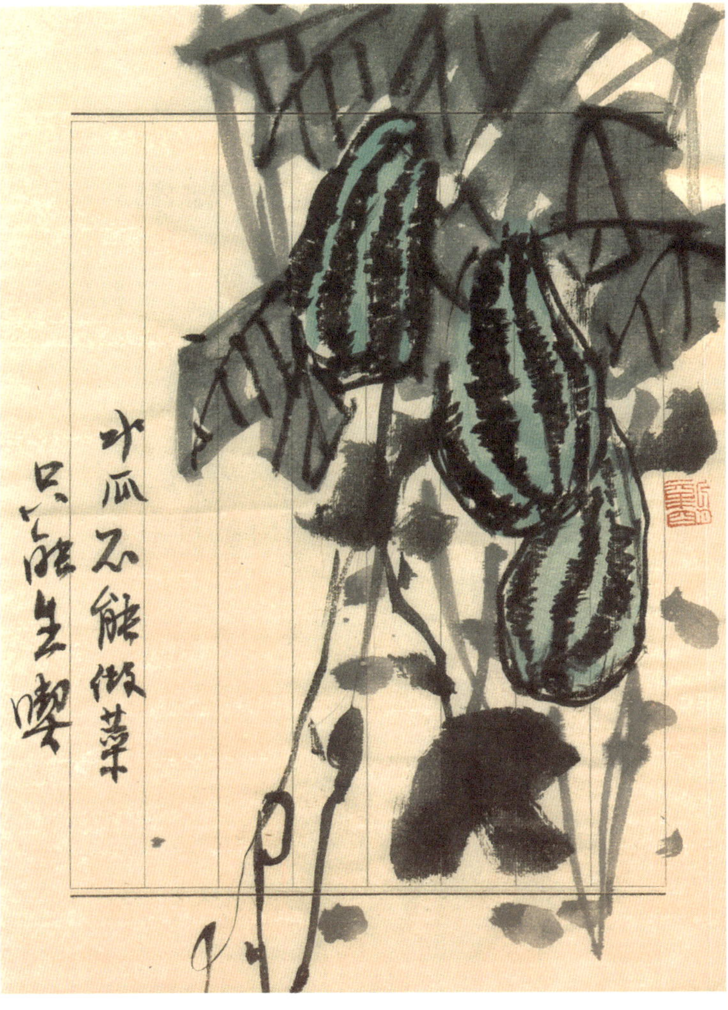
水瓜不能做菜
只能生

它的价格比香瓜（甜瓜）便宜一些，比菜瓜贵一些。水瓜很脆，如果掉在地上，会摔得粉碎，像玻璃一样。吃水瓜的时候，是不用刀切的，一手托着瓜，一手轻轻一拍，瓜就解体了，你掰着吃就行，瓜瓤也可以吃。

夏天的时候，水瓜是最解暑的，清甜，嘎嘣脆，吃在嘴里它的甜和香瓜不一样，香瓜的甜有点腻，它是脆甜，在夏日的热风中，它是清风。

儿时，没有冰箱，母亲将水瓜“养”到水缸里，下午，从水缸里捞出瓜来，一拍，分开给我们几个孩子，我们几个孩子吃着，一直凉到心里，闷热的炎夏变得如此凉爽。二十世纪八十年代，我的女儿放暑假，回到老家有机会品尝到这个农耕时代的“非遗”，她说奶奶泡在水缸里的水瓜，比冰箱里的冰淇淋更加美味。

离开家乡四十年了，再没有吃到家乡的水瓜。

回到家乡也没有吃到过。

思念如水。

高邮美食地图

春节家人团聚，亲情之外，吃是必须的。美食是乡愁，也是节日欢乐的元素。历史上高邮的美食在汪曾祺先生的笔下已经精彩多呈，我这里叙叙当下的，如果写得不够精美，那是我的文笔拙。

2020年3月5日是汪曾祺先生诞辰100周年，逢上防疫，原先准备的一些庆祝活动只能推迟，但3月5日这天高邮还是举行了座谈，我戴着口罩参加了这次座谈会。筹备已久的汪曾祺纪念馆终于在5月18日开馆，因为疫情，参加开馆的人数很少，北京就请了我和汪先生的后人汪朗、汪明、汪朝等。因为汪老是著名的美食家，高邮也是美食之乡，大厨们为汪老百年精心制作了一些美食，我有机会品尝到一些餐馆的美食，先以《高邮美食地图》的名称记录如下，或许还有续编。

汪味

汪味在汪味馆。

之前，高邮没有汪味馆，汪味是近几年才出现的。汪曾祺写美食是天下第一高手，汪先生写到的菜自然会受到汪粉的热爱，汪味馆应运而生。

高邮以“汪”命名的餐馆有好几家，味道也是各有千秋，“汪味馆”这一家是汪家授权的。“汪味馆”店名是我写的，汪曾祺的公子汪朗建议他们找我写，汪朗出书也找我写的书名，他认为我写得比很多名家要好，我想这是偏爱导致的偏见吧。

原以为汪味馆是小众口味，没想到开了一年以后居然又开了分店。老板说，你写的招牌旺店，我说是汪先生的人气旺。

汪味馆的菜品讲究文化含量，饭店环境也充满了汪味，汪曾祺的字画店里四处可见，汪曾祺写的歌《我的家乡在高邮》，还有卞留念作曲的《一往情深到高邮》也时常作为主题曲在店里播放。准确地说，汪味馆并不只是烧高邮菜，因为汪先生的美食文章里，记录的不仅是高邮的美食，也记录全国其他地方的美食。他年轻时候适逢国家动乱，颠沛流离，走南漂北，生活极不稳定，吃到各地的食物，也淘出了一些美食。1949年定居北京以后，又因反右运动汪先生被下放到张家口，品尝到塞北菜肴。“文革”期间，因为“深入生活”到内蒙古体验到羊肉的美味，南淡北咸，西辣东甜，尽纳口中。二十世纪八十年代汪先生渐渐成为名家，随着作家的采风活动足迹遍布全国，热爱生活、热爱美食的他自然品尝到各地的美食，这在他的笔下都有记载。

汪味馆在高邮火的原因一是菜肴做得地道；二是不仅限于高邮传统的菜肴，融合其他的菜肴。一道最典型的菜品，就是汪味汽锅鸡。汽锅鸡现在属于云南菜系。汽锅鸡原先源于江苏宜兴，但抗战期间传到云南之后，尤其是汽锅鸡里加入新鲜的天麻之后，味道鲜而不腻，比苏版的汽锅鸡更适合现代人清淡怕油腻的口味。汪先生生前爱做这道菜，我就品尝过。汪先生去世后，紫砂的汽锅就一直闲置着，汪味馆开业，汪朗将汽锅赠送给汪味馆，遂成镇店之宝。如今，在汪味馆吃饭，能提前预订到汪味汽锅鸡，能品尝到当年汪曾祺先生用过的汽锅熬出的鸡汤，确实幸运又幸福！

汪味馆的凉菜，也值得一品。醉虾带着浓烈的里下河的水香，蒲包肉带着三垛河的清香，清炒虾仁则散发着大运河的柔软和筋道。

近日，在汪曾祺纪念馆边上的汪氏家宴开设了“祺宴”，是汪味馆的升级版，生意也是同样的火。

随缘

很多人将“随缘”写成“随园”，我第一次去“随缘”留言，也故意写成“随园有缘”。老板也是故意的，因为他心仪袁枚的随园，但随园的商标不能注册，只能以同音字代替，也好，随缘也是一种修行。

随缘的菜，格高，是求道派。所谓求道，就是讲究菜的品质和韵味，不迁就市场。

随缘的老板张建农我三十多年前就认识，他当时在高邮第一招待所当学徒，师傅就是在高邮赫赫有名的孙大厨。孙大厨外号孙大头，高邮的食客都知道高邮的厨艺在他的手里一度达到了顶峰，似乎现在也没有能够超越的。在二十世纪八十年代，能够在高邮“一招”定到孙大厨的一桌菜，是一种身份的象征。一是因为计划经济年代，政府招待所不对外营业；二是因为孙大厨的手艺好，接待任务重，很难有空为民间做菜。

我认识张大厨的时候，他正是孙大厨的徒弟。再次见到他的时候，二十多年过去了，他已经是随缘老板，高邮大名鼎鼎的张大厨了。随缘店面不大，也不豪华，坐落在高邮老城区的一个巷子里，一般外人很难找到，都是熟悉的回头客。

很多诗人来过这里，谢冕先生称“天下第一美味在随缘”，说的是他做的红烧鳗鱼。台湾诗人洛夫称随缘有四绝，除了鳗鱼，还有软兜鳝鱼、雪花豆腐、清炒虾仁。这一次，汪曾祺先生百年诞辰，又逢大公子汪朗70虚岁寿辰，高邮的大厨们便尽显手段，张大厨自然不例外。那天，他拿出绝活，做了一道“朗月映松”，乍一看，这菜并不起眼，一个鹌鹑蛋配着一个小海蜇，透明的鹌鹑蛋像一轮明月，海蜇像松枝一样，寓意松鹤延龄。这菜里的海蜇一尝，又脆又酥又香。我说，怎么做的？张大厨告诉我，这松是花四斤海蜇熬的。难怪！

元旦前和谢冕先生聚会，他听力不是很好，但说到随缘，立马兴奋起来，让我很吃惊，他比我更爱随缘。有一次他和孙绍振在上海开会，返程临时改签去高邮吃随缘。谢老师说到一件事让我特别感慨，因为他经常推荐张大厨的随缘，但每次去都特别担心张大厨失手，怕辜负了客人的期盼，所以他比张大厨还紧张。我也是有同样体会的。

高邮菜好吃，在淮扬菜里自成一派。以我多年的品尝和实践经验，应该是在1986年成形的。这和孙大厨有关，在孙大厨之前，高邮菜和周围县市的菜区别不大，基本是扬州菜的高邮版。孙大厨力主创新，打出高邮特色菜来，他亲手打造的雪花豆腐和软兜长鱼（鳝鱼），慢慢成为品牌，之后的高邮菜自然随着时代的变化而变化，但孙大厨确立的1986年的谱系，已经成为经典。随缘就是让人重复经典的时刻。张建农一听我说，连连点头，正是我所追求的。

那天中午，我为“随缘”又写了几个字：1986年的老味道。

湖菜

湖菜不在高邮城，在离高邮三十公里的界首镇。

很多地方有“界首”这个地名，都是区域之间的连接处，这里的界首是高邮与宝应的交界处。

湖菜是我这一次高邮之行的新发现，也是写这篇文章时才想到的名字。里下河地区水网密布，盛产河鲜，高邮湖又是多水交汇处，“三十六湖秋水阔，苍烟一点指高邮”，清代诗人的这句诗说的就是烟波浩渺的高邮湖。高邮湖南近长江，东与大运河相向而行，北通洪泽湖，高邮湖的水产品历来广受青睐。一句话，食材好。

食材好，是一切美食的基础。缺乏好食材的厨师，就是巧妇难为无米之炊。北京的淮扬菜为什么不如淮扬地区的味道鲜美？因为食材不够好。虽然现在交通快捷，食材也能及时运到，但味道还是略差一些，当然还有水，还有空气。前年，王蒙先生曾经问我，淮扬菜有什么特点？你简单概括一下。我想了一下，说，刚出土，刚出水，刚出锅。王蒙先生表示赞同。

湖菜的特点就是刚出水，鱼虾蟹螺、莲藕菱蒿，陈了味道就逊色很多。北京有些人不喜欢吃鱼，我是能够理解的，北京的鱼品种单一，而且到了冬季水库里的鱼才上市，所以鱼大多是从外地运到北京来的，路途一辗转，自然不新鲜了。

海鲜也好，河鲜也好，湖鲜也好，讲究的就是出水鲜，现在的保鲜功能虽然已经很发达，但还是不如刚出水时的水灵。所谓“清水出芙蓉，天然去雕饰”，说的是一种视觉，其实也是嗅觉、味觉。美是通感的。

界首的一家饭店，开在运河边上，名声很响，不久前汪朗来吃过，他说，鱼做得好。他上次吃的是一条大鳗鱼，一条就放满了一盘子。我这次来，吃的是一条鳊鱼（武昌鱼），一条六斤二两，地道的高邮湖的野生鱼。我担心鱼大了，肉就会不嫩。多年前，汪曾祺先生曾告诉我，鲑鱼不宜超过一斤，在半斤一斤之间，味道最为鲜美。确实是经验之谈。鱼大了，肉会松垮如棉花，但这条硕大的鳊鱼肉质一点也不木，鲜嫩又有咬劲。难得难得。或许是野生鱼的缘故，或许是刚出水的缘故。

这家我称为“运河第一鲜”的饭店，大菜往往不能提前预订，因为他们的鱼看当天的渔民捕到什么才可以吃什么，有时候是大鳊鱼，有时候是大鳗鱼，有时候是大甲鱼，总之都会给你惊喜。

大煮干丝是淮扬菜的名菜，很多人都以为是一种口味，其实高邮、兴化、泰州、扬州的口味就不一样，界首的大煮干丝又有别于其他地方。干丝一般是用百叶（豆腐皮）做食材，界首的干丝则用界首茶干做原料。

界首陈西楼茶干是贡品，2009年被列入江苏省的非遗，法国总统希拉克到扬州来，当时的领导人就用界首茶干招待过这位来自美食之都的法国客人。但用界首茶干做的大煮干丝，我还是第一次吃到，清爽柔韧，滑口不腻，在全国各种大煮干丝中绝对独具一格。

这家的雪花豆腐也是地道的民间风味。雪花豆腐是高邮名菜，也是最普通的一道菜，几乎家家会做，各家又不一样：随缘的雪花豆腐是经典版，过了三道油，菜籽油、脂油（当地人称猪油为脂油）、香油，刀工细腻，绣花一般；汪味馆的雪花豆腐，适应现代人群，清淡些，也时尚些，造型像冰淇淋；界首这家的雪花豆腐更接地气，居然用猪油渣儿作为配料，嚼得油香清脆，可谓久违了。

接待我的是界首镇的宣传委员，是个美女，三年前，我和卞留念到界首采风，就是她接待的，那次采风的结果就是我和卞留念合作了歌曲《一往情深到高邮》，其中歌词“芦苇荡里数乡愁”就得益于在高邮湖上泛舟的感受。三年之后，我见到她，她还是宣传委员，我奇怪地问：怎么没有升呢？

2020年6月10日于润民居

2021年1月22日改定

时间深处的泰州

一

祖母经常说到的一件事，就是李明扬过五十大寿的时候，她曾代表全家前去祝寿。这让她自豪了一辈子。祖母是一个非常低调的人，在我的记忆里她一辈子是个低眉顺眼的人，吃饭从来不上桌，也从来不和左邻右舍争论什么，但这件事她多次提起，说明在心目中的地位。

李明扬在抗战期间对新四军做过贡献，当时新四军与韩德勤的部队在黄桥决战，李明扬和李长江的部队硬是按兵不动，让陈毅、粟裕的部队险胜了韩德勤的军队，黄桥战役成为彪炳军史的奇迹。电影《东进序曲》就是讲述陈毅当时为了统战，三进泰州城和“二李”秘密接触的故事。祖母当年能和这样影响过历史的大人物接触，自然是难忘的。

虽然信任祖母，但根据我从事党史采访工作的经验，我对祖母的话还是留有余地。2014年国庆，父亲病危期间，我和父亲有个长谈，我录了视频。我向父亲提起这件事。父亲告诉我，祖父当时在泰州有实业，叫“六成行”，我小时候不懂这个“六成行”的意思，父亲说，赚六成就够了，不能太贪。我慢慢明白王家人做事的风格为何如此了。

我也查了资料，1940年，李明扬确实在泰州办了五十大寿的庆典，新四军还悄悄派人去祝寿。父亲说，李明扬先是从政，后来又从商，抗战爆发后，又从政，抗战结束以后，又从商。抗战期间，李明扬依然在上海、泰州有生意。祖父当时经营的项目和他的生意有交集，祖母能够去祝寿，也是很自然的。祖母肯定不是什么贵宾，但借着李明扬的大树好乘凉也是自然的。

这是我对泰州城的最早记忆，是和电影《东进序曲》连在一起的。

二

对泰州城的具体记忆则是留缘照相馆。母亲有一张照片，记录了年轻时的青春靓影，每个人到我家里来，都要夸这张照片拍得好。母亲说，在留缘照相馆拍的。留缘照相馆在泰州市中心坡子街，坡子街相当于北京的王府井、南京的新街口，现在《泰州晚报》的副刊名字还叫《坡子街》，而留缘照相馆在坡子街是一个地标性的建筑。

等我识字以后，识得母亲相片上的“留缘”二字，这该是这家照相馆的标志，字体是行书，不知道谁写的，但明显的民国风格。说实在的，我很难把照片上的明星似的美女和现实生活中的母亲联系起来，当时母亲已经生过四个孩子，生活的疲态在她身上的每个部位都能体现出来，照片像个传说，或者说，留缘更像个传说。我最大的愿望是想去看看留缘这个传奇是怎么诞生的。

我七八岁的时候，母亲代表服装厂又去了趟泰州，我们很好奇地问她有没有去留缘照相馆再拍一张照片，她说，留缘没有了，改成工农兵照相馆了。她带回了一个在坡子街买回的面包，让我们兄妹三人分着吃，面包松软，比馒头好吃多了，看我们舍不得吃完的样子，母亲叹了口气说，没有粮票了，要不一人买一个了。

三

等我真正有记忆进入泰州城，已是1976年的夏天了。

那时我临近高中毕业，因为我是班长，同学们委托我去泰州买些纪念品作为纪念。那天我带着四块八毛钱坐早晨的轮船去了泰州，其实还是挺兴奋的，虽然小时候也去过，但没有任何记忆。这一次终于可以在祖辈生活过的泰州城逛一逛了。很遗憾，当时的泰州城实在没有什么可以逛的地方，坡子街的百货大楼和我们的供销社差不多，没有什么特别之处。我帮同学们买了些笔记本和手帕之类的小物品，就回到了下坝轮船码头。

泰州是里下河的门户，下坝轮船码头又是门户中的门户。里下河地区水网密布，公路交通极不发达，直到二十世纪九十年代中期，兴化和泰州之间才有一条正式的公路。当时的交通工具主要是轮船，这个对今天的年轻人来说有点生疏的交通工具，是泰州最常见的。泰州有几个轮船码头，南边的码头是去长江的，去上海的、去镇江的，在高港上船。下坝码头主要是连接广袤的里下河地区的，通往盐城、建湖、兴化、东台、姜堰、高邮、宝应等地。

下坝码头的人气还是很旺的，乞讨的、卖唱的、玩花牌的时常出现在候船大厅里。我那天早晨出发，晚上坐建湖班回家，第二天早晨到周庄，可以省一夜的住宿费。虽然三叔在泰州城里有房子，但他下放到兴化的三王当老师了。那天中午我忙着购买纪念品，也没顾上吃饭。等我买完船票，发现口袋只剩下五分钱了。

饥肠辘辘，我在轮船码头的一家小馆子里，看到五分钱可以买一碗米饭，就要了一碗米饭。没想到这碗米饭居然是陈的籼米，散发着一股呛人的霉味，我肚子很饿，吃了几口，实在难以下咽，很想要一份三分钱一碗的神仙汤。“神仙汤”是里下河一带的“美食”，家里没菜的时候，挑一块脂油（猪油），倒一汤勺酱油，然后用开水冲饮，便是神“鲜”汤了，如果加几片榨菜，撒一把胡椒粉，简直就是超级享受。遗憾我囊中羞涩，看着对面的顾客饕餮一样豪饮神仙汤，只有艳羡。

又吃了几口，还是咽不下去。这时来了一位搬运工人模样的大叔，他坐在我对面，也要一份五分钱一碗的干饭，但他从口袋里，掏出来一块萝卜干助食，清脆的磕碰声，在我听来像美妙的音乐，我又试图吞下饭还是咽不下去。这位大叔，似乎看出我的窘，他从口袋里又掏出一块萝卜干递给我，说：“南门酱醋厂的。”我毫不犹豫地接过萝卜干，小心翼翼地小口用舌尖舔着萝卜干，清脆香甜，在夜空中划出一道绝妙的弧线，我有些醉了，以至于大叔什么时候走的，我都没有察觉。

这是一生中吃到的最好的萝卜干，连米饭也变得香甜。

四

再次回到泰州城，已经是1986年了。之前，三叔早已调回泰州，在酱醋厂当工会主席，还生了小女儿红旗。祖母也回到了泰州，帮助照顾小孩。那年秋天，祖母去世了，我在南京开会，一大早赶到泰州，全家也从各地赶到泰州来。三叔就住在酱醋厂附近，之前，经常收到他们馈赠的鲜美的咸生姜，其实我还惦记萝卜干的事情，一直不好意思说，怕难为情。

祖母是以86岁的高龄辞世的，她重病卧床期间，父亲和母亲建议她离开泰州到老家养病，祖母不同意，说，就要死在泰州，要在泰州火葬场变成骨灰。那天我们全家从泰州火葬场回来之后，父亲哭得很伤心，他说，看到祖母躺在灵柩里眼里充满了泪水。我也看到了，一直梦见祖母噙着泪水的样子，后来写了散文《怀念祖母》，记录这件事。父亲看到说，这是你写得最好的文章。父亲病重的时候，我用册页抄了《怀念祖母》这篇旧文呈给他，并承诺说，您去世后，我也会写篇怀念您的文章，也抄在这本册页上，清明节的时候，一起“烧”给您。

祖母的骨灰在三叔家存放到第二年清明，才回到老家和祖父合葬在一起，坟的方向向南，面朝泰州。

五

1999年再次来到泰州时，泰州已从县级市升为地级市三周年了，当时江苏有线电视台有个非常火的综艺节目叫《非常周末》，收视率最高40点，在今天简直天方夜谭了。为了庆祝建市三周年，他们请了《非常周末》来直播。我作为特邀的撰稿和编辑来到泰州，当时江阴大桥已经通车，泰州的经济社会发展非常迅速，我们几个主创人员还住到五星宾馆春兰宾馆里。记得当时的主持人今波要去看我童年经常光顾的下坝码头，我就带他去了，其实是陪同我怀旧。昔日的繁华和忙乱已经不再，零零星星的轮船看上去只是运货的，当年的候船大厅已经变成了货房，而且“拆”字醒目地横立在上面，我知道一个时代结束了，让今波用随身带的照相机为我拍照留念，留下轮船时代最后的影像，遗憾的是这张照片他一直没给我，也许永远见不到了，它随着时代“曝光”曝光了。

自那之后，我就经常带一些朋友来泰州采风、品尝美食。2007年我邀请王蒙先生在泰州大讲堂做了一堂精彩的讲演，王蒙先生还饶有兴致地比较了扬州美食和泰州美食的差异，最近在北京聚会时，还说到那次泰州之行，王蒙先生表示还有兴趣再游一次。2009年春天，我组团带一帮作家来到泰州凤城河采风。他们兴致勃勃地游览了新落成的凤城河，回去佳作迭出，结集成书《印象凤城河》，由人民文学出版社出版，其中的很多篇被收入各种散文年选，这些美文至今还在流传。有趣的是，这帮作家朋友到了泰州之后，文运亨通，宁肯、熊育群、张锐锋等先后获得鲁迅文学奖，当时初露头角的崔曼莉、马小淘如今也成了文坛中坚，阎晶明如今已是中国作协的大领导了。

六

2020年的春天我们遭遇突如其来的疫情，我当时正在泰州陪老母亲过春节，没想到随着疫情的发展，我和太太回不了北京了，在此感谢市委宣传部送来的口罩和消毒水。本来烦恼的事情，后来变成了有点幸福感的家庭乐。这些年我离开家乡辗转于扬州、高邮、南京、北京等地，和家人相处的时间越来越少。有时候父母去北京看我们，最长的时间也就一个月，而这期间我还要出差，不能全程陪同，父亲去世之后，越发觉得陪伴老母亲的时间少了，一定要抽出时间多陪老母亲。而这一次，我和母亲朝夕相处了五十天，86岁的母亲坚持帮我洗衣服，我说，放洗衣机里就好了，她说洗衣机洗不干净，我想也是，多少年了，母亲没有帮我洗过衣服了，这样能让母亲找回年轻时的感觉。每天，我陪着母亲在金通梅园的院子里散步，告诉母亲，隔壁是梅兰芳的梅园，那边是柳敬亭的柳园，不亦乐乎！

很多年前，马可·波罗来到泰州城，写道："这个城不很大，但各种尘世的幸福极多。"也就是说，泰州的吉祥如意，是因为幸福多多，之前我对于这个城市的感觉还是乡情乡愁，今年五十天的居住，我真正体会到幸福如此具体。疏朗的城市、淳厚的文化、美味的餐食、质朴的人情，都是尘世的幸福元素。

当然还有记忆，没有记忆的幸福感是空洞的。

2020年6月7日于观山居

泰州的河

卤汀河

卤汀河横穿泰州南北，是我少年时见过的最长的河流。

卤汀河名称的由来没人能说清楚，写法也有几种，不像另一条蚌蜒河看字面就能意会，弯弯曲曲，像河蚌一样移动的痕迹。写这篇文章的时候，我想，卤汀河是不是当年运盐的通道呢？盐，卤也，汀是停的谐音？姑妄言之，不足取。

我的卤汀河的记忆是和轮船联系在一起的，是和“泰州班”“兴化班”联系在一起的。当时卤汀河两岸尚未通汽车，水路交通主要靠轮船。“泰州班”就是早晨五点从泰州出发，晚上六点到兴化，“兴化班”就是早晨五点从兴化出发，晚上六点到泰州。这个航班叫兴泰线。现在说到航班往往和飞机联系在一起，而当时的航班是专指水上的交通线，卤汀河如此，运河如此，长江也是如此。当时泰州人去上海，坐的是“高港班”。

泰州班停靠的站很多，周庄和宁乡是离我们最近的站，我们出门，基本都要经过周庄和宁乡，周庄远一些，有“帮船”（相当于今天的拼车，几个人同租用一条小船，2012年我在《光明日报》发文用这个词，编辑改成了划船）可以坐，但要花一毛钱。宁乡近一些，有七里路，但要步行。

童年时，带给我们泰州班和兴化班信息的是一位卖冰棍的大妈。她头戴一顶草帽，肩上搭着一条毛巾。每年暑假，她来我们这儿卖冰棍，我到现在也没弄清楚她是兴化人还是泰州人，她是利用泰州班和兴化班的时间差来卖冰棍的，坐泰州班来，坐兴化班返回，中间有一两个小时的营业时间。她敲着冰棍箱，“冰棍冰棍，五分钱一根”，我们一群小伙伴跟着卖冰棍的起哄，像簇拥着帝王似的。“冰棍冰棍，五分钱一根”，晚上我和小伙伴们的游戏就是模仿她的吆喝。

父亲给我和妹妹尝过一次，那天他刚发工资，说让全家吃一次冰棍，母亲说她胃寒，吃不了。四根冰棍，两毛钱呢。母亲咕哝了两次。我们很开心，第二天，我在作文里写道，“旧社会比黄连还苦，新社会比冰棍还甜”，黄连我没吃过，冰棍真的很甜。我下决心一定要再吃一次冰棍。

我偷偷地攒了四分钱，但这最后一分钱老是攒不齐。有一次，我问卖冰棍的她，四分钱能不能少吃一口？她拒绝了。我眼巴巴地跟着她，她见没有其他人了，就说我赔本卖了，批发还要四分半呢。

我有些舍不得吃，目送着她往宁乡的方向远去，盛夏的中午，气温在38摄氏度左右，她的后背已经湿漉漉的，不停地用毛巾擦汗。忽然，她弯下腰，在路边的池塘，用手舀水喝，呼哧呼哧地，连喝几口。

我喊了一声：真抠门！她惶恐得跟犯了错似的，赶紧往轮船码头的方向疾走。

当时我想，这个人怎么跟我妈似的。

稻河

稻河在泰州城里，城北。

城北是里下河的门户，里下河本不是一条河，是一块水域的统称，这些年热议的里下河文学现象，正在把里下河这块水域塑造成文学的河流。汪曾祺、陆文夫、李国文、曹文轩、毕飞宇诸多小说家在这里出现，汇成了文学的里下河。

稻河是里下河的门户，也是里下河物流的通道。当年没有“物流”这个词，叫集散地。稻河，顾名思义，是运送稻子的地方。泰州水网地区盛产水稻，秋收时节，水稻从下河源源不断地运来，在这里运往全国各地。因而，稻河两岸变得繁华起来，沿岸而建的商店、客栈、粮行、油坊、渔市、酒家鳞次栉比，蔚为大观。我小时候，曾经看过沿岸残存的吊脚楼，当时不知道它们叫吊脚楼，等我后来去沈从文的故乡凤凰之后，才知道稻河的这一建筑叫吊脚楼。我和湘西的朋友说，我们老家也有吊脚楼，他们不信。

卤汀河是盐道，稻河则是粮路，稻河东侧的草河则是运输草的专用通道。当时没有煤气，也没有煤炭，更没有微波炉之类电器，城里生活的燃料靠的是草，稻草、麦草、荒草（芦苇）就通过草河运往城里来。我爷爷就曾经开过草行，我高中毕业以后也曾在供销社的“草站”工作过几个月，草站收购农民的稻草、麦草、芦苇，然后运到城里去，不过不是燃料了，那时候主要作为造纸厂提供原料。

稻河已经存在记忆里，随着水运的衰退，稻河也慢慢淡出了人们的视野，好在稻河景区留存着当年的一些痕迹。

2011年，泰州创办《稻河》杂志，让我请王蒙先生题写刊名，王蒙先生欣然允诺，因为泰州以及稻河曾经给他留下美好的印象。

溱湖

泰州人“河”“湖”读音不分，在概念上也分不太清楚，比如乌巾荡实际上是很大的湖，却被叫作荡，在云南、四川那里可能就叫海了。洱海就是一个大湖而已，我第一次去黄河九曲湾，看到他们说的海子，还没有我们泰州的秋雪湖一半大。

溱湖是名副其实的湖，我们小时候叫溱潼湖，也叫喜鹊湖。溱湖出名是因为它的会船节。会船该是古汉语的用法，应该是船会。水乡船多，船的品种也多，当然行船的技巧也有高下，会船实际是展示新船、大船的节日，也是水上健儿比赛技能、展示“弄潮儿”玩船的盛会。每年溱湖的会船节百舟竞发，千楫齐歌，浪涌白龙，水舞银蛇。

不过，说溱湖会船来自当年岳飞抗敌，用意固然良好，但我有些怀疑。因为会船并非只有溱潼才有，泰州很多地方多有会船的活动，我的出生地茅山至今也有会船的习俗，只不过溱湖的水面大，影响大。

会船有点像湖南广东的赛龙舟，但又不一样，赛龙舟是在端午节，会船节则和清明联系在一起，与祭奠祖先有关。会船是当年水乡人家的运动会，船的嘉年华。如今，行船已经不需要人去用篙子、桨、橹这些农耕时代的工具来驱动，船的动力的机械化、电子化，更让现代人对古老的原生态产生依恋，而会船则是人力的再次呈现，是对人的力量、人的价值一次怀旧性的认同。很多人到溱湖，都想到水上一试身手，这正是人对自然力量、自身力量的崇拜与自信。

菜花河与凤城河

春天的泰州，满地的菜花，金灿灿、黄艳艳，随处是景，遍地如画。闻名遐迩的垛田油菜花就在泰州的兴化市，是全国四大油菜花观赏地之一。云南罗平的油菜花美在环绕山峰，江西婺源的油菜花美在坡度，层层叠叠；青海门源的油菜花美在辽阔，是世界上面积最大的油菜花地；而兴化的油菜花，美在水，美在水中间的小岛一样的垛田。开在河面上的油菜花，像金黄色莲花，而水面则如荷叶一般翠绿。如果驾轻舟穿行其间，人入画中。泰州到处都是金黄的菜花河。

凤城河也是泰州一景。凤城河原是护城河，泰州城扩大以后，成了城中河。凤城河，宜夜游，夜色中的望海楼像一只展翅高飞的凤凰，遨游天空。2009年，我带一拨作家去夜游，回来后，他们纷纷拿了鲁奖（鲁迅文学奖）。他们说泰州文气盛。

泰州的河，连江通海，河网交叉，是母亲河，也是文学的河。

泰州的河，源远流长。

2019年4月19日

“酒酿”颂

现在想来，我见过的最早的酿酒师是母亲，我很小的时候，就看到母亲开始做一种叫“酒酿”的食品。酒酿学名应该叫醪糟，是糯米发酵而成。

做酒酿的程序比较复杂，在我们家是件大事。先煮好糯米饭，这糯米饭有讲究，不能太硬，也不能太软，所以煮饭前糯米一定要泡一泡，泡到一定的程度才可以上锅。母亲说，饭要一粒一粒的不相黏，酒酿就成功一半了。当时，没有电饭煲，也没有蒸笼，这煮饭的火候很难把握。有时候，太软了或太硬了，我们就兴高采烈地吃一顿糯米饭，至今我对黏食依然保持着浓厚的兴趣。如煮成了，我们就兴高采烈地嚼锅巴，嘎嘣地响，香。

饭做好后，就是晾，但不能晾得太久，饭冷了，拌酒药（酒酵）就不热，就会影响发酵。饭在这个时候，会铺在桌子上。像北方人擀面一样，这个时候，母亲在用酒瓶子碾酒药，南方很少自己擀面，所以没有擀面杖，用酒瓶子或酱油瓶凑合用。酒药子碾碎后，母亲就开始用手拌进米饭里，拌得越均匀越好。拌好以后，趁热装进一个坛子里，后来有钢精锅，也放在钢精锅里。装好之后，在糯米饭上面，用筷子搅几个圆孔，据说是透气用的，然后盖上棉垫或旧棉衣，放到一个饭焐子里，焐上三四天，等酒酿的香气溢满屋子时，就可以开吃了。

酒酿发酵的过程是个让人焦急等待的过程，母亲更是带着神秘甚至神圣的神情去观察酒酿的生产过程，我们有时候大气不敢出。现在我明白酒酿发酵的要素主要是温度，一般要三十摄氏度左右最好发酵，但南方的冬天屋里没暖气，如果碰上冷空气降温，发酵的时间会长一些。在酿酒的过程中，母亲是不让打开看的，说会漏气。有时候我和妹妹们偷偷看一下，不知为什么我们每次偷看，总会被母亲发现，总会遭到母亲的斥责。后来我发现，母亲也偷偷地看，等夜深人静我们都睡了的时候，她偷偷揭开棉垫看动静。根据我的观察，如果酒酿酿制顺利的话，酒酿就像孕妇的肚子一样会悄悄地鼓起来，饱满的白白的米粒每一颗都闪着晶莹的光。如果发酵不顺利的话，米粒就显得有些憔悴，颜色有点发暗。如果酒酿成熟了，那些原先用筷子捅开的圆孔，一个个溢满了乳白色的米酒汁，泛着甜蜜的笑，这时候，你就明白为什么有“酒窝”这个词，为什么“一笑两个酒窝”那么迷人，原来是另一种通感。

如果三天还没动静，母亲就开始想办法加温了，加温的方法就是把烫焐子放进去，来增加热量。烫焐子就是后来的热水袋，冬天睡觉用来取暖的。烫焐子外面要包一层布袋子，防止烫伤。我们家有两个烫焐子，一个是纯铜的，一个是锡的。一般先是用铜烫焐子加温，如果还没动静，再用锡的，有时候加温管用，有时候加温不管用。酒酿不发酵，就像人长僵似的，怎么给他营养液都不长。但有时候，你把它忘了，酒酿会突然一夜之间成熟。记得有一次夜里，我被一阵浓郁的桂花酒香惊醒，酒酿的香味直往鼻子里钻，直往胃里钻。一家人，都被这酒酿的芬芳催醒了，索性起来尝几口，那味道在舌尖上舞蹈。因为这一次做酒酿，母亲尝试加了点桂花，但迟迟不好，本以为做砸了，没想到在几天之后，在大家以为它只能喂猪的时候，忽然飘香醉人。

酒酿做砸了，是很让人沮丧的，我现在还记得母亲当时沮丧的表情，好像一部艺术作品毁了似的。这酒酿很奇怪，做好了，人人抢着吃；做不好，喂猪，连猪都不爱吃，非让猪饿几顿，猪才勉强吃几口。没有酒味，那米是木渣渣的，不是味同嚼蜡，而是啃树棍一样难以下咽。

说了这半天，其实是说酿酒的难处，因为在古贝春酒厂，我参观了他们的酿酒车间，看到工人们在辛勤地劳作，我想到了年迈的母亲做酒酿的往事，也知道古贝春这些年能够美誉四方的原因了，他们在精心酿造佳酿和美酒，是有根的企业，不像有些酒厂忘了做酒的根基在于酿酒，而只想通过勾兑投机取巧。古贝春人在酿造美酒的同时，还时时刻刻不忘酒文化的建设，不忘弘扬中国文化的传统。“诗酒一家”，我们看到了诗酒碑林“桑恒昌诗苑”，看到了诗歌大道，我们在那里和前辈的诗魂、酒魂相遇。我们还读到了诺贝尔文学奖得主莫言题写书名的《四季飘香》的散文集，在那里我们又和当代的文人墨客悄悄邂逅。古贝春人酿出的酒味浓，营造的酒文化深厚，所以我斗胆挥毫写出了这样的词：古贝春浓仙境出，武成秋深诗意来。

偷月饼

月亮升起来了，黄黄的，像一个薄薄的金黄月饼。地上，黑的、白的界限清清明明，树影摇摇晃晃。村庄上静得很，庄心河银晃晃地流着，水脆脆的唱着。

我们出发了，外婆家里的小狗大黑跟在后面。干什么？偷月饼！偷东西，肯定不是好人，连狗见了也要咬。但在红蜻蜓故乡，却是古朴淳厚的乡风。中秋晚上，每家每户都要焚香敬神，“中秋不敬月，出门遭雨雪”。在自己家的天井里，小桌上供上几个月饼，一大碗煮熟的老菱，一根长长的整藕，点燃一炷香，主人公在缭绕的烟雾之中作个揖，说几句吉利的话，然后便回到屋里睡觉，任月光和清风欣赏品尝。倘若黎明时节，月饼不见了，那最好，全家都高兴。

不知怎的，这乡风渐渐不那么浓了，人们对它有些“淡”。已有好几年吃不上月饼了，连糯米元宵也有点勉强了。听说，这

几年以粮为“缸”，藕塘填了，水面上，只能放水浮莲，吃不到菱了，糯稻不让种，自留地也只能偷偷地栽。我和弟弟、妹妹就只有靠“偷”了。原来还可以多“偷”几家，现在“偷”不到了。我们只有到月婆婆家去了。

月婆婆，人说她是个老姑娘。我也不懂什么意思，只晓得有一个人住在那又破又矮的小草棚里，是“五保”。她是一个盲人，但走起路来像明目人一样，从来没有跌过跟头，每天还到河边拎水回来用。她靠搓绳卖几个零用钱。每年中秋，月婆婆总要备十几个月饼供月亮，而“月神”对她又特别“给脸”，每次总要吃得光光的。

踏着一路水似的月光，我们几个来到了月婆婆的家门口，悄悄蹲在她屋前的草丛中。月婆婆从草屋里出来了，她瘦精精的，满头银发，一手端着一个大碗，黑乎乎的，大概是刚出锅的老菱，放到供桌上。真怪！哪来的老菱？心急的小胖就要下手，我忙按住他。月婆婆又出来了，颤颤巍巍的双手捧的，是月饼！好像掉了一片饼屑子，月婆婆拈起要往嘴里送，又停在半空中，放回，将缺角凑上，那股诱人的油香和甜味散布在空气里，袭扰我们的胃。月婆婆双手做成拱状，向东天那团圆月作了个揖，然后喃喃自语：月公公，今年计划更紧了，我搓的草绳价钱又低，只能买四个，让你挨饿了，明年，再多买些补给你。

声音很低，很虔诚，我们都沉浸在一种神秘的气氛中，许久，我们都没有敢动，我们有点想回家了，身上凉润润的，下露水了？

月婆婆拿出一张小板凳和一捆捶熟了的稻草，搓起绳来，一股金黄的小溪从她两掌之间涓涓流出，她轻轻哼起了一首古老的歌谣：

凉月巴巴，照见家家；
家家欢乐，天天吃粑……

我们静静听着。许久，她放下手中的活，走进屋里，好像睡下了，好像是在叹息，一摞金色的草绳愣在那里，一动不动。

我想起了什么，挪了一下身子，又往回一缩，又挪了一下，最后爬出草丛，蹑手蹑脚地走近小桌，将四个月饼捧到手上。小胖和我弟弟跑来帮忙，抓菱角，谁知慌忙之中就将两个碗碰倒在地，清脆的声音划破寂静的夜。

月婆婆的白发在窗口出现了。我们好像看到了她的笑容……

烧饼与咸生姜

都说少年不识愁滋味，其实少年不仅不识愁滋味，其他的滋味也不识，待滋味识透，这少年也渐行渐远了。我这人可能属于出息不大的一类，比如乡愁，对我来说，最早的表现，居然是那些家乡的美食。

泰州地处长江北岸，习惯被称为苏中，一般的人只有苏南、苏北的概念，岁数大一点儿的对苏中的概念来源于解放战争的“苏中七战七捷”。所谓苏中，其实就是不同于苏南，也不同于苏北。这不同首先体现在饮食上，苏南甜，苏北咸，苏中则不甜不咸。更重要的是苏中处于中国的南方文化和北方文化的交汇处，往往融合了南北文化的一些特点。我曾看过开国第一宴的菜单，或许当时的总理周恩来是苏中人的缘故，开国第一宴的菜不甜也不咸，基本上就是苏中口味。

烧饼

先说烧饼，这烧饼是面食，应是北方人做得好，但全国最出名的却是黄桥烧饼。黄桥镇离泰州很近，黄桥烧饼是泰州烧饼的一个种类。黄桥烧饼因为一场以少胜多的战役闻名天下，黄桥烧饼也就超越了地域，成为全中国的美食了。

其实，据我采访，当年新四军吃的烧饼远没有现在的好吃，光听那歌词“黄桥烧饼黄又黄哎”就知道是指一种芝麻少、酥很少的光烧饼，而不是后来吃的那种插酥烧饼。把面泼上油以后便形成了酥，然后把这酥包在烧饼中间烤熟。后来我到了北京，吃过北方的烧饼，基本上就是直接用酥做成的，而不像泰州包馅一样把酥包在烧饼的中央。或者说，泰州的烧饼，就是月饼的简化做法。包完酥，就擀一下，那擀子是管状的，中心是空的，在当地叫“响子”，每擀一下，就发出清脆的响声，在小巷深处回荡。

烤也有讲究。小时候，没见过烤箱，贴烧饼的大师傅，在我们孩子的心中是了不起的英雄。他们常常光着上身，把双臂伸进热腾腾的火炉中（他们的臂上一律没有汗毛），把烧饼一个个贴上炉膛，然后用扇子扇火（后来用鼓风机了），再用火钳一个个把烧饼夹上来。金黄金黄的酥，在炭火的熏烤下，散发出一股牵肠挂肚的焦香。老远老远，就知道这儿是家烧饼店。

咸生姜

生姜本是调味品，煮鱼烧肉离不开生姜，如果有哪一天母亲做菜少了生姜，她会异常不安，怎么也得到邻居家去借一块姜来。说借其实是不还的，而邻居一定会借的，再抠门的邻居也是会借的。至少我小时候到邻居家借生姜从来没有空手回过。我那时候就非常奇怪，为什么一定要借呀（母亲非常不喜欢向人家借任何物品），而人家为什么一定要借给我们？这似乎蕴含了某种默契，它似乎和阳光、空气、水一样是必不可少的，一旦缺少，就必须补充。因此，再拮据的家庭，家里可能没有粮食和油了，但厨房肯定有几块生姜。

我没有做过调查，至少我们这一带人的“姜文化”大致如此。

家家常备生姜，但生姜并不能当主食吃，它是用来去腥调味的。煮鱼烧肉之后，姜是不能吃的，那年头常见的餐桌景象是：鱼肉猪肉吃完了，只剩下几片姜块漂浮在汤水之上，如果这一顿吃得狠，汤被人泡饭用完，碗底必有几块姜片完整地匍匐在那里，一动不动。

但泰州人爱吃咸生姜，而且吃得津津有味。扬州离泰州很近，扬州酱菜里也有咸生姜，但扬州人好像也没有泰州人这么爱吃。我在高邮工作多年，离泰州很近，和泰州人的生活习俗大致相同，和泰州人一样爱吃早茶，爱吃干丝，但奇怪的是没有一家饭店有咸生姜卖的。我问高邮人，他们说那是酱小菜，吃点心吃那个干吗？喝粥才用。

其实，我小时候平常也是吃不到咸生姜的，只有春节的时候才能吃上。过春节了，家家爱喝早茶，这早茶必有咸生姜，一家人兴致勃勃地就着咸生姜喝茶吃点心，如果把花生仁剥到咸生姜的卤里，花生仁的味道鲜极了。

我原以为这咸生姜是大家都能共享的，后来发现其实还是有些小众的。我后来在扬州念书时，曾经买过扬州酱菜里的咸生姜，但这咸生姜偏苦偏辣，进了嗓子之后远不如其他扬州小菜滑溜顺畅。再后来，我也吃过其他人家的咸生姜，发现味道也不是那么回事。后来才知道这泰州酱醋厂产的咸生姜最好。我的一个婶婶在那个厂里当会计，我们每年春节吃的咸生姜，是婶婶挑的嫩姜带给我们的，泰州话说是“拐姜”，这拐姜大约类似乳猪、乳鸽的意思，和毛豆（“青春期”的黄豆）是一回事，是未成熟的生姜。难怪片那么薄、那么脆、那么鲜嫩，吃到嘴里没有渣的感觉。做菜的生姜难吃的原因，除了老以外，吃起来满嘴的渣，因而味同嚼蜡。这拐姜吃到嘴里，像萝卜一样清脆但不空洞，像梨一样爽口而没有颗粒的渣感，有质感有力道，但很快会融化。配上一杯清茶和两片云片糕，回味无穷。

后来，母亲居然学会了做咸生姜。婶婶每年春节给我们带拐姜，但有时候也会忘记，这让我们春节不能吃上那鲜嫩爽口的拐姜。没有拐姜的春节虽然物资比任何一年都丰盛，我还带了南京的土特产，想冲淡缺姜的遗憾，但家里人谁都明白，还是缺点什么。虽然也有咸生姜，但不是泰州酱醋厂的特制的拐姜（那还是计划经济的年代，拐姜是内部人的特权），味道差了很多。被泰州极其看重的早茶，在我家没有以往吃得那么热情洋溢，那么慷慨激扬。

再后来，我就到北京工作了，在北京也曾寻觅过咸生姜的踪迹，意外地发现北京也有咸生姜，像制作果脯那样被风干了，味道不错，虽然也是切成片状的，但不是水质的，虽然有些偏甜，但太太还是购置一些放在家里，偶尔吃上两片，聊解思乡之渴。

去年春节，母亲从老家来京过春节，她在电话里说带了好东西给我吃，我没在意，因为家乡的食品对客居在外的游子来说，都是世上最美的。等我把她和父亲从火车站接回家，她兴致勃勃地从大包小包里找到那瓶咸生姜，我一看，久违的拐姜！我迫不及待一尝，当年的味道！

我：婶婶带的？

妈：婶婶退休了。

我：酱醋厂买的？

妈：酱醋厂关了。

我更加好奇了，父亲在一旁连忙揭开谜底：你妈妈自己学做的，四个孩子，一家送一瓶。

啊！我的妈呀！

这一年春节，女儿从美国赶回来，一家三代，其乐融融。每顿早茶，胜似夜宴。

第一次“碰头”

第一次醉，忘不了。

应该是1976年年底，或者说1977年的年初。我1976年高中毕业，很多人不理解，怎么那么早就高中毕业了？我的中小学阶段正好碰上史无前例的文化大革命，1966年上小学，1976年高中毕业，当时“学制要缩短，教育要革命”，我的小学念了五年半，初中念了两年半，高中念了两年，十年就高中毕业了。毕业了赶上唐山大地震，在防震棚住了许久，然后，就到了棉花收购站当合同工。合同工就是季节工。秋天收棉花的时候，去上班，上到第二年一月份。这合同工在当年也是不容易找到的，因为父亲在供销社工作，我作为子女被照顾到棉花站当合同工。

棉花站所有的工作人员都比我大，我是最小的，最大的合同工是一个南京知青，当时已经30岁出头了，女的，是个回民，姓马，单身。30岁在16岁的人看来是挺大的年龄，我们叫她马姐。我当时接触到很多南京知青都挺有文艺范儿，知识面也挺广的，这马姐居然是小学毕业，既不“知识”，也不“青年”，不知道怎么作为“知识青年”被弄到乡下来“接受再教育”。

棉花站的站长是父亲的同事，也是父亲的酒友，更是父亲的酒敌。父亲好饮，但并不善饮，善饮不止于酒量，还有酒智和酒术。在酒桌上经常喝倒的，不一定是酒量不行的，很多是直梗男的原因。父亲在酒桌上禁不起人家劝和“挑”，经常喝得酩酊大醉被送回家。喝酒被送回家其实就是醉了。我小的时候最讨厌父亲喝醉的样子，已经烂醉了，还满嘴的豪气。还讨厌他抽烟的味道，那味道在空气里说不出的难闻。现在，我也抽烟了，仍然不喜欢别人抽烟的味道，也不喜欢第二天闻到自己留在屋子里的烟味。

棉花收购站不让抽烟，我也就没有机会学会抽烟。本来也没有机会喝酒，但在最后离开的时候，学会了喝酒，准确地说，是喝醉了酒。

棉花收购站到年底就要关门，元旦前我们这些合同工就开始走人了。临走前，站长说，我们碰一次头吧，大家聚在一起上班不容易，以后不知道什么时候才能见到。这话也是实话，好几位自那次聚餐之后我们再也没有见过面，比如南京知青马姐，兴化那位想不起名和姓的已经结了婚的知青，当时觉得知青居然和结婚联系到一起，好庸俗。

“碰头”，在现代汉语里一般是见面商量的意思，但在我们当地的方言中，“碰头”还有聚餐的意思。这碰头不是公款吃喝，而是大家一起“抬石头”，也就是西方的所谓“AA”制，大家平均分担聚餐的费用。

这一次的“碰头”，现在想来是极为豪华的，我们每个人出了两块钱，大约十个人，合计二十元钱，兑换成现在的价格，此次晚宴该在万元左右。当时猪肉是七毛三分一斤，我们买了一条猪蹄髈。本来大家一起聚会的，是全家福的，有一个同事，是兴化知青，已经成家，生了孩子，拖老带小的，觉得一块钱可以参加，两块钱就太贵了，就缺他一人。他也挺不容易，饭量大，有一次和食堂的师傅吵架，说给他打的半斤饭只有四两五，他带着我们平常称棉花的小杆秤， 比画给大家看，那时我就觉得怎么那么计较啊。那天晚上我喝醉了之后，听说是他去帮助收拾碗筷的。

听到要“碰头”，我很兴奋。父亲偶尔在外边“碰头”，是很风光的一件事，很有男子汉的范儿。如今我也可以“碰头”了，当然很兴奋。少年时代总喜欢自己早点长大，早点和父亲平起平坐，而且和父亲曾经“碰头”的站长一起，我忽然有一种成人仪式感。可以说，我是那场“碰头”最热情的参与者。

看到丁帆教授写的文章里，说那个时期经常喝荷花大曲，还是很崇拜的。当时一切凭计划供应，凭票供应，无标牌的瓜干酒都买不上，更不用说荷花这样的品牌了。当时，荷花牌大曲仅次于洋河大曲，价格也和洋河不相上下。站长费尽九牛二虎之力，买到了二斤荷花大曲，他亲自掌勺，做他最爱也是最拿手的冰糖扒蹄。

我现在已经记不得我怎么喝醉的，也记不得冰糖扒蹄的味道，只记得当时制作冰糖扒蹄的味道，是那么的勾人心魂。当时棉花站是禁火的，因为冬天棉花少了，也因为“碰头”，所以破例起火了。

我隐隐还记得荷花大曲进口的味道，很香，还有一点淡淡的甜水的味道，比以前喝过的瓜干酒要柔和可口多了。我不知怎么喝多了，也没怎么吃肉，或许潜意识里和父亲的酒敌“碰头”，要表现出英雄气概，或许荷花大曲比之前的酒好喝，不知不觉喝多了。隐隐地，听站长说，你父亲和我斗酒，老说我欺负他，你千万不要喝多了。我隐隐地回答说，我酒量比他好，不会醉。

等我醒来的时候，我已经躺在家里的床上，已经吐得满地，味道很难闻，母亲在旁边用煤灰边扫边埋怨，我知道自己惹祸了，母亲说，年纪轻轻，就“碰头”，两块钱家里可以吃一个星期菜呢！当时家里的菜钱每天的也就三毛钱左右，我心里觉得很愧疚，父亲回来一定是场雷霆风暴，更加的不安，心想以后再也不能喝酒了。不觉又吐了一会儿，然后昏沉沉地睡过去了。

很快被父亲的大嗓门吵醒了：“别絮絮叨叨了，男人就是要抽烟喝酒！”

父亲这粗粝的“教诲”让我非常惊讶，我觉得父亲原来可以那么亲近，抽烟喝酒不再是我想象中的“坏男人”的标配，我之后喝酒再也没有“不学好”的自惭心理，反而有了几分男子汉的豪气。父亲去世以后，我曾经在《别父》里写过这句话，作为终生难忘的记忆。

母亲因父亲的话愣住了，然后转身走了。父亲捡起地上的扫帚打扫我吐在地上的污物，还叮嘱我，以后喝酒先吃点东西填下肚子，空腹容易醉。我那一刻觉得父亲前所未有的慈祥和柔软。

第二天去棉花站上班，南京知青马姐看到我，说了句：“酒壮英雄胆啊！”

咦，她不是不喝酒吗，怎么也参加我们的酒局啊？

2020年3月21日于润民居

初吃河豚

拼死吃河豚。此言流传甚广，使得这一水产品蒙上了神秘而又可怖的色彩。河豚鱼的鲜美有时居然要以生命为代价，其味实非人间之物。当然，拼死吃河豚还有另一种解释，就是人们在饥饿时以此作为食物聊以生存，宁可胀死，不做饿死鬼。记得在学校学现代文学时，读过著名作家王任叔（巴人）的小说，就是描写一户农民因缺少食物而误吃河豚全家身亡的。这个短篇小说简约有力，写出了灾难岁月的人性美，至今难忘。

现在已经不会有人因为饥饿去食用河豚了。人们在春江水暖时节，去烹尝河豚，是为了享受或者说刺激，当然每年都会有人食用河豚中毒身亡，告别人世。

吃河豚，实在是一件了不得的诱惑。

去年便想冒一次险，但错过了时节，清明一过，便无河豚上市了，只得抱憾而归。1992年3月25日，正好《雨花》在扬中开会，便又去了，以了却悬挂了一年的心事。

中午，未到扬中，便看到《镇江日报》上的一条消息：前天扬中一人因食河豚中毒，抢救无效，身亡。这给我们一行平添了一层恐惧的阴影，奇怪的是，我又隐隐担心这次吃不到河豚，再度抱憾而归。

出人意料，热情好客的主人专门备了这道菜，当热气腾腾的河豚上桌之后，我们竟惊慌失措，不知如何是好。扬中文联的同志热心介绍这道“长江三鲜”之一的名菜，但并不劝我们吃。据说这是规矩，虽说县政府招待所烹烧此菜万无一失，但万一呢？我看场面挺尴尬，有一种充当好汉的冲动，便搛起一大块鱼皮大咬大嚼起来，在座的人都盯着我（现在想来，这是心里紧张导致的错觉），好像是在欣赏我的勇气。据说若是中毒了，在十五分钟之内必然出现反应，当然，等出现反应已是无可救药了。不知谁说了一声，河豚的皮很嫩，如果洗不干净最易中毒，我一下子浑身起了鸡皮疙瘩，脑子晕眩起来，一个念头跳出来：是不是中毒了？之后便强作镇静，不再去“禁区”伸筷子，偷偷窥看餐厅墙壁上的挂钟，希望时间早些越过十五分钟。真是度时如年，我几乎嗅到了死亡的气息。后来我发现，我们同座的“客人”，都在暗暗地接受十五分钟的残酷煎熬，都有口无心地在偷偷地“读秒”。

死神肯定没有光临。要不然，我怎么会在这儿津津有味地渲染这一经过呢？不过，河豚的滋味如何，实在说不出，神经太紧张了！

江南三鲜

久居江南，并没有觉得江南特别的迷人和可爱，离开江南，渐渐觉得江南的可爱和迷人之处。少时读白居易“能不忆江南”的感慨不理解，现在离开江南，顿觉“能不忆江南”是那么贴切和生动。辛弃疾说“少年不识愁滋味”，其实少年也不识诗滋味，读诗有时是需要阅历的，人生的感慨，诗歌很难穷尽，但有了人生的感慨，再读诗就况味无穷了。

江南风物，要写要忆的颇多。我先从这绿色三鲜说起吧。

有长江三鲜的说法，我说的是野菜三鲜：芦蒿、马兰头、菊花脑。

菊花脑

先说菊花脑。这菊花脑的“脑”的写法颇费思量，首先南方人“l”“n”不分，再就是选择哪个字，且读法也不一致，连音调也有平声和去声的，所以现在南京一些菜馆的菜谱上，可能为了避免“脑”这个字的写法，写着“菊叶”。我用“菊花脑”，是因为它本采自菊花头的嫩叶，“脑”通“头”，而我查了一下字典，“脑”本身也有零碎的意义。

菊花脑在三鲜中形象最不显眼，甚至有点寒碜，不像芦蒿，让人一见就想起春天的勃勃生机，从而产生强烈的食欲。菊花脑是那种吃了才知道好的美味，它瘦弱、不饱满，但有一股浓浓的野香，而且菊花脑不仅能够清炒，还能够做汤，这是芦蒿和马兰头没法比的。据说菊花脑能够败火清心，但并不造成腹泻，美味又有减肥之功效，实在是现代人难得的美食。菊花脑的佳配是鸡蛋，炒也香，做汤也香。不知道为什么。

芦蒿

芦蒿是名菜，苏东坡在题为《惠崇春江晚景》一诗里就写过，“竹外桃花三两枝，春江水暖鸭先知。蒌蒿满地芦芽短，正是河豚欲上时”，这里的蒌蒿即是芦蒿，可见芦蒿和桃花是作为春的使者出现的。虽然芦蒿自古有名，诗意盎然，且武汉、南昌等地都盛产芦蒿，但特别嗜吃芦蒿的好像只有南京人，用“嗜吃”一词，是因为南京人一年四季都离不开芦蒿，哪怕有些老了不够嫩了，也不放弃。

芦蒿本是野菜，但吃的人多了，就慢慢成了家常菜。它本该生长在江边，但现在也大量人工培育了，且颜色比原先的野生的更具有青春色彩，嫩绿嫩绿的，清炒一盘放在餐桌上，翡翠般的闪亮。但老食客都知道，形象过于美好的食物往往不如那些原生态的美味可口。

芦蒿还是野生的好，它不太整齐，也常沾土带泥的，颜色也不够碧绿，有点发黄，甚至黄得泛出那种紫的光泽来，见出几分妖异来。这种芦蒿势必生长在江边，日晒、雨淋、江水浸，它是芦蒿的正宗。你能吃出江水的味道，你能品出泥土的涩味来，当然这属于芦蒿的那份清香和质朴。

不过现在街上卖的芦蒿很少有野生的，大多是那种干干净净的人工的碧绿的菜，我前日在南京转悠了半天，才购得一些，视为珍品。

芦蒿的吃法可荤可素，可香可臭。荤可炒肉丝，素可炒豆腐干；香是炒香干，臭是炒臭干。臭干就是臭豆腐干。北京人不爱吃豆腐干，更不会做臭豆腐干。臭豆腐制作需要发酵，而北京干燥，发酵出来的臭也不够臭。芦蒿炒臭干，才是味觉的狂欢。

臭，原来的字义，就是指味道。臭，现在变成美食的别格了。吃不了臭，别自称吃货。

马兰头

马兰头和菊花脑的命名差不多，都是去除根部、采摘植物叶尖（形象比喻为“头”“脑”）而成。我们老家好像称之为“淮菊”（音，待考），儿时，春节一过，我们就去挑淮菊，倒也没觉得特别的好吃。“挑”，是因为马兰头趴在地上，用刀将它和土剥离开来，挑淮菊的刀，常常是削铅笔的文具刀。

二十年前，到南京工作以后，我发现南京人津津有味地吃马兰头，跟着吃，也觉得好吃，但不知道马兰头就是儿时挑的淮菊。当时觉得南京人好奇怪，怎么那么爱吃野菜呢？菊花脑、芦蒿、马兰头，在我们老家泰州一带是不上桌的。上桌的都是鱼虾鸡鸭类的，只有灾年才拿它充饥。南京人不仅把它们端上餐桌，而且当作日常时蔬，且乐此不疲。渐渐地，我们这些外来户，也喜欢上它们，离不开它们，有时还有些想念。

北方有马兰头。在沙尘暴肆虐、干燥的北京的春天，在钢筋水泥森林般的北京，居然也能找到马兰头。太太在他们的办公大院子里（离车水马龙的四环只有百米之遥），居然“挑”到了马兰头，她兴致勃勃带回家，水煮，凉拌，虽然吃不出江南的味道，但对于在北京生活的江南游子，也聊以慰藉。

马兰头除了凉拌以外，还有一种吃法，就是切碎包在汤圆里，清晨醒来，水里一煮，那青涩的绿，盈盈飞扬。

能不忆江南！

南京的菜

外地的朋友都称赞南京的菜好吃，尤以上海、北京的朋友为甚，我以为这是朋友们的客套，时间长了，也就慢慢信以为真了。再有朋友来，便先自吹嘘一番，颇有为南京饮食业做广告之嫌。

其实我心里还是很虚的。南京菜在外地是没有什么影响的，甭说与近年来热得烫手的川、粤这两大菜系相比是小巫见大巫，就连北方的鲁菜也比南京菜的行情看涨。何况按照惯例，南京菜又误入淮扬菜系的名下，这就更影响南京菜的知名度。几年前，黄铁男先生写作《厨王》，并在胡长龄大师的指点下于中山大厦隆重推出“厨王宴”，一时在南京形成了“厨王”热。我有幸品尝过几次，可谓领略到京苏大菜的真谛。然而，厨王菜好像并没有热向全国，而且在南京、在中山大厦也慢慢消失了。

这也不奇怪，在目前的餐饮业中，有一股奢侈浮华之风，名曰美食，实为斗富。而南京菜则以朴实、家常、实惠为特色，自然在“规格”上比不上那些以山珍海鲜乃至珍稀动物为“美食”的菜系，京苏大菜、淮扬菜系的冷落也在情理之中。

南京的菜是平民的菜，是非贵族化的菜。盐水鸭是南京的名菜，可家家户户每天都可以吃它。我去年夏天在瑞丽，碰到北京一位大款，他只知道南京有两样东西，一是中山陵；一是盐水鸭。盐水鸭与中山陵齐名，真让人啼笑皆非。他问我：“两百元可以吃一顿盐水鸭了吧？”我忍不住笑了说：“两百元可以吃一个月了。”大款说：“一定不好吃。”我很生气，仔细一想，这或许正是南京菜知名度不够的原因，那么好吃，为什么又那么便宜呢？不是有的服装个体商贩在原有价格后面加个零，滞销的服装反而好卖了吗？

南京的拌洋花萝卜、芦蒿炒肉丝都是极为可口的家常菜，特别是芦蒿好像只有南京人才吃。不过，谁吃了都赞不绝口。像“菊花脑”“香椿头”“鸭血汤”“旺鸡蛋”以及龙虾等，都是别有风味的独家菜或特色菜，很多老南京人都爱做、都爱吃也都会吃。遗憾的是它们都太平民化了，在时下强调“精品”“美食”“档次”的消费潮流下，它们只能不登大雅之堂。不过不登大雅之堂也好，有些本是平民享受的东西一经“贵族化”了之后，平民就没有口福享受了。比如螃蟹原本与芦蒿、旺鸡蛋、龙虾一样寻常，可如今高踞“庙堂”“宾馆”之上，不知何年何月才能爬入寻常百姓家。

明前茶、雨前茶与青春毒药

明前茶是这几年茶文化中特别时髦的一个概念。茶的生长季节性特别强，什么时候采摘往往影响茶的质地和品格。采早了，茶叶没长开，味道出不来；采迟了，叶片长老了，味道会苦涩，味同树叶。

一般茶叶最合适在清明后谷雨前采，但也有少量的品种因为物候的原因在明前采摘，因而茶叶翠、嫩、鲜，翠是茶色，嫩是茶形，鲜是茶味。明前的碧螺春好像是茶中的极品，碧螺春本身属于茶中的水仙，清雅高贵，花期虽短，格调脱俗。喝碧螺春喝的是意境，喝的是诗意。明前的碧螺春充溢着江南的烟雨和吴侬软语里的韵味，好多年前我曾有幸尝过苏州东山的明前碧螺春，说是“尝”，还不如说是听，在碧螺春清纯的茶色里，隐隐传来的是江南丝竹、苏州评弹和悠悠昆曲。

碧螺春好，可惜不耐泡，且需好水好心情好口味。水不好，盖过茶味，就只剩下水味，比如北京的水是不能泡碧螺春的；心情不好，口中有火，断然品不出茶的清香；如口味偏重，习惯牛饮，也是很难品出碧螺春的微妙和精灵来。

品明前碧螺春属于好茶者的极致体验，有好水好心情好口味，还要有好茶。明前茶的生长有好多不可预料的因素，比如气温偏低，比如突遇了一场倒春寒的大雪，比如气候干燥，都会影响茶的生长。因而明前茶能够生长得恰如其分，有时候全是天意。但有些茶种不适合在明前采摘。记得四年前在婺源开会，婺源的绿茶多年以前我喝过，属于上品。恰是清明前，我们便一心一意要购明前茶。主人说婺源的绿茶要等等才好，但拗不过我们的恳求，结果我们带回来的明前茶味涩，草根似的。那一年，婺源地区春天的气温偏低，茶苞没有伸展开，茶叶的叶片不柔软也不翠嫩，茶味也就可想而知了。

社会上对明前茶的推崇，其抽象概念大于实用价值，审美意义大于饮用可能，喝茶者的虚荣心在其中起了重要的作用。因为明前茶的数量少且珍贵，能够喝上往往是身份的象征，是有品位的。

其实对更多的茶和更多的茶客来说，还是雨前的茶比较合适。大地复苏，雨水丰沛，茶树在明媚的春光中茁壮生长，叶片吸收了足够的阳光和雨露之后开始自然地舒展生长，每一片叶子都散发着春天的生机和生动。这样的叶片制成茶以后，不仅色泽翠绿，而且茶形优美，汤色碧绿，能嗅到三春原野的清香。更重要的是，雨前茶对水的选择不是十分的挑剔，而且十分耐泡，不像明前茶头开无味，二开清香宜人，三开则索然。雨前茶第一开就茶味诱人，二开则茶味全出，浓郁醉人，三开则余味不绝，如碰上炒青瓜片之类，则四开、五开也有茶味。

当然和明前茶相比，雨前茶多了些世俗的烟火气，但更具有日常生活的特性。雨前茶是过日子，而明前茶则属于节日类的偶尔为之。可现在社会的消费观念往往把人往非日常的状态引导，寻求刺激和无限度的无条件的高峰体验。这明前茶就身价大增，送礼必送明前茶。然而明前茶的产量有限，厂家也就想出了很多招数来应对市场的需求。记得十年前，那个时候的假明前茶，是厂家采购云南一带的茶叶做成龙井、碧螺春的形状来满足市场，茶是地道的明前，但味道与龙井、碧螺春相去甚远。云南的茶以醇厚质朴见长，明前的茶不足以显现其特色，更何况人们要的也不是那个味！

对青涩的偏好，对嫩苞、嫩芽、嫩叶的近乎贪婪的追逐，已成为某些人审美和消费的一个不解之结，仿佛青春毒药。近些年来，明前茶的产量激增，是厂家用大棚蔬菜的方法来育茶，气温是有保障了，到时再撤掉塑料大棚，让茶树见风雨见世面，在制作过程中再添加增绿素。这样的明前茶从外形上可能比原先的明前茶还要完美，但茶味极淡无比，执意要品，最终能品出塑料纸的味道来。

第二辑 寻找他乡美人痣

题记：人人爱美食，犹如人人爱美女，每个地方都有美女，每个地方也都有美食，美女难得，美食可求。美人易逝，美食永存。一个地方的美食就是该地容颜上的美人痣，人见人爱。

中国老百姓最爱吃的十道菜

开作代会期间，天天吃自助餐，吃得有点腻，便想起了中国人民喜爱吃的十道菜。这十道菜，都不是大菜，都是家常菜，简单易做，价廉物美。

油炸花生米

油炸花生米好像没有不喜欢的，飞机上的航空食品也有花生米。茶楼里，喝茶喝得嘴里淡了，来几颗，茶兴又起。当然，花生米是下酒菜，二三好友，二三兄弟，二三酒鬼，一把花生米，喝得找不到北，是常事。

红烧肉

红烧肉是毛主席他老人家的至爱，也是全国人民的至爱。在战争年代里，他老人家经常要一碗红烧肉“补补脑子”，但红烧肉现在被科学研究得让人吃起来有所收敛。“非典”期间，我自暴自弃，天天狂吃红烧肉，越吃越想吃，“非典”结束，从老家回到北京，还吃，但北京的猪肉不好吃，打住。有些感谢北京的猪肉不好吃，要不，我会胖成何样？

酱烧豆腐

文学家瞿秋白在临终前写的绝笔《多余的话》里有一句话“中国的豆腐世界第一”。我看了以后，大为感动。瞿秋白先生在生命的最终一刻想到的是家乡的食物。生命不是理念，而是具体的生活。豆腐有多种烧法，素斋的豆腐还可以做出鱼肉的形状，我个人认为酱烧豆腐，最下饭。

黄瓜蘸酱

东北菜，简单且粗，但现在连广东人民也爱吃，20年前我第一次把黄瓜蘸酱的吃法带到江苏，所有的熟人都诧异地望着我，王某变侉了！

烤鸭

北京烤鸭名扬全球，各国人民都爱吃。与烤鸭相近的还有广东的烧鹅、南京的烤鹅，嫩、肥、脆、油，属于贫困时期、饥饿时代的美食，现在人们虽然畏惧“三高”，但美味是挡不住的诱惑，勇士们依然大啖。

螃蟹

螃蟹是典型的南方美食，但现在已经排在中国人民最喜爱的美食的前几位。很多北方人其实并不会吃螃蟹，看他们吃螃蟹，真是一种糟蹋。

2003年，我在阳澄湖畔手把手教王朔吃螃蟹，刚吃了一个，朔大爷就不干了，说：“这哪是吃东西，明明是手艺活嘛?！”

鸡汤

老母鸡汤、小鸡炖蘑菇、柴鸡汤、土鸡汤，补人。以前是产妇专用，现在男女老少都喝，皆补。不亏也补。

菜泡饭

菜泡饭本是主食类，但现在被新杭州菜弄成了一道菜，哭笑不得，好在南北人士没有反对吃的，做起来也容易，懒人爱吃好做。

西红柿炒鸡蛋

西红柿炒鸡蛋也是懒人菜。西红柿广为流行是二十世纪七十年代以后的事，至少我幼时很少吃到西红柿，这与后来的大棚普及有关。西红柿炒鸡蛋受欢迎的原因，除了味道好外，还有一个重要的原因，就是做好容易做坏难。锅里加点儿油，先炒鸡蛋先炒西红柿都无关紧要，味道都差不多。

我吃过的最好的西红柿炒鸡蛋，是1998年在拉萨，当时不知道为什么鸡蛋特嫩，现在明白，那嫩，不是厨师的手艺好，而是高原缺氧的缘故，烧不老。

鱼香肉丝

鱼香肉丝是川菜，川菜及相关的湘菜、湖北菜、江西菜、云南菜、贵州菜等颇为风行，且经久不衰。川菜的精华是辣，川菜的底色是家常，是劳动人民的食品。川菜的特色是下饭，这鱼香肉丝便是下饭的典型。当然，各地的鱼香肉丝味道不一，连四川内部的口味也差别很大。

20年前我在峨眉山脚下吃过的鱼香肉丝，最让人难忘，现在想起，垂涎欲滴。

感恩村宴

涛哥说到“村宴”二字时，我眼睛一亮，忙问：“你说的是村宴吗？”涛哥说：“我们感恩村的村宴，你一定要去吃一下。”

他很自豪，我很期待。

感恩村是侨乡，在福建长乐的古槐镇。因为汪曾祺先生的太太施松卿是长乐人，所以我一直想去看看，做些实地考察，当然，如果有美食也不会放过。前前后后约了两次，都因故改期了。这一次成行了，我们五个人乘着一辆面包车浩浩荡荡地前往村里，按照导航的地点，我们的车开着开着开到一片菜地，我们以为走错了，打电话给涛哥的姐姐曾文，她说没错没错，你们下车，穿过菜地，就到我们村了。

果然很有村味，我们穿过菜地，就来到一座楼房前，楼房是二十世纪八十年代盖的，瓷砖记录着那个时代的建筑痕迹。仔细看，还是很有特点，虽然是楼房，但风格有北方四合院的特点，中间的大天井可以放好几桌。曾文姐说，本来想重新翻造，她父亲临终时关照，不要动了，留点记忆。

饭前我们尝到的是海蛎饼，这饼看上去不起眼，我在福建其他几个地方也吃过，但感恩村里海蛎饼的馅和其他地方不一样，一是海蛎子特别小，二是分咸甜两种口味。我们分别各吃一种，都很香，要不是马上吃中饭，我还想再吃一块。

村宴开始了，先上来的是大鱼丸。我也是从水乡来的，可以说是吃鱼丸长大的，但没有见过这么大的鱼丸，每只都有麻团那么大，足见海边人的气魄。福州的鱼丸很有名，但我从内心并没有抱有太高的期望，因为我们家乡的沙沟鱼丸、溱湖鱼丸也是很有名气的，北京的南京大牌档等饭店的“一锅鲜”里，最主打的就是里下河的鱼丸。也吃过几次福州的鱼丸，感到不如家乡里下河的鱼丸鲜嫩。但村宴的大鱼丸我一尝，不仅吃到了老家鱼丸的鲜和嫩，还吃到了海鱼的细腻和嚼劲。听曾文姐介绍，这鱼丸和一般鱼丸的食材不同，一般的福州鱼丸是用鲨鱼和鳗鱼做的，因为鲨鱼和鳗鱼刺少，又筋道；村宴的大鱼丸则以石斑鱼肉为主，辅以目鱼肉，石斑鱼在海鱼里就以柔嫩少刺受到广大食客的喜爱，所以石斑鱼做出来的鱼丸就比普通的鱼丸更为鲜嫩。福州鱼丸和我老家鱼丸的区别还在于有馅，这馅一般是一个小肉丸。陕西人的肉夹馍，是肉夹于馍中，而福建人的鱼丸则是肉夹于鱼丸之间，可谓融鱼肉于一体。我先吃了一个大鱼丸，忍不住又吃了一个，这才惊喜地发现，原来肉馅居然是不同的，一种馅是猪肉，一种馅是牛肉。讲究啊！难怪汪曾祺先生说，福建人食不厌精啊。

村宴的高潮还是鸡汤氽海蚌，村民不知道这道菜还有一个很网红的名字，叫西施舌。它是蛤蜊的一种，又名车蛤，也称海蚌。在西施舌中，以漳港海蚌最为有名。而漳港就在感恩村的附近，可谓近水楼台。海鲜的特点就是鲜，如果冷藏了，味道就差很多，感恩村离漳港很近，这海蚌是渔民早晨刚打上来的，所以可谓出水鲜。饭前，我在院子里看着桌上陈列的16个碗里，装着的漳港海蚌，个头不大，淡黄色的蚌体仿佛还在呼吸，漳港海蚌的蚌体确实长得搔首弄姿，尖尖的“舌尖”轻盈动人。曾文姐说，待会儿用鸡汤一氽就可以吃了。记得在别处也吃过西施舌，但觉得名不副实，肉有点老，而感恩村的鸡汤氽海蚌，我用两个字概括：清甜。

我以为清甜是海鲜的最高境界。

高潮之后的主食是八宝饭，八宝饭到处都有，鱼丸、海蛎饼、西施舌都是因为地利的缘故，因为原材料海鲜新鲜，其他的地方难以企及。这八宝饭属于广谱类的主食，会有什么特别之处呢？何况我已经吃得很饱了，但感恩村的村民一定要让我尝一口，说王老师你吃一口，还会要第二勺。我将信将疑，很礼貌地尝了一口，没想到味道居然那样的奇妙，一般八宝饭是甜的，“三高”的人群是望而却步的，而感恩村的八宝饭却是咸的，当然是淡淡的咸，咸中又有点淡淡的甜，甜而不腻，咸而不腷，有一种清爽的口感。一般的八宝饭用糯米制作，所以软软的黏黏的，感恩村的八宝饭好像是用泰国香米和糯米合成的，而且我感觉不是煮出来的，而是蒸出来的，所以吃起来极有嚼劲，一颗，一粒，仿佛立在嘴里面，仔细咀嚼，芬香从唇齿一直传到全身。我吃了两勺，那时候真恨胃长得太小了。

还有从地里现挖出来的蔬菜，就不一一表了。

难忘的村宴。向宴主曾文道别言谢时，我们就按照涛哥的口气，说感谢姐姐的热情招待，没想到曾文突然宣布一个秘密，其实啊，按照族谱，涛哥大我两辈，他因为比我小十几岁，就按年龄称我姐姐。你们是他的朋友，按照村里的规矩，我应该叫你们爷爷才对。

我们说，姐姐再见。

再见，感恩村！

2021年12月26日福州闽江饭店

晋江的土笋冻

和老黄喝了一场大酒，才知道土笋冻的美味确实无可替代。

到晋江的当天晚上，在被称为“城市会客厅”的五店市的夜市上，我和大家走散了，芸女士让我找个地方等大家。我一边等，一边张望周围的摊点，发现有几处小吃，其中有一个叫土笋冻的摊子很火，几对青年男女兴高采烈地捧着一盒果冻一样的食物离开了。我看着这果冻一样的食物，以为是竹笋熬成的果冻，正想尝尝鲜，大部队过来了，我的尝鲜计划就此搁浅。晋江的美食多，一路吃过来，尤其在围头吃的海鲜，已经让我大饱口福。离开时，我已经忘了这个叫笋的小吃。

很多地方有特产，有小吃，但我发现这些小吃特产基本是高油高糖，从南到北，从东到西，大致如此。我看土笋冻成果冻状，大致是加了红薯粉的一种食物，因为福建菜常用红薯粉做配料，或许是受客家菜的影响，福建菜中尤其是客家菜善用红薯粉做配料。

老黄当过文联主席，也搞过城市文化建设，现在的网红打卡地五店市，就是在他手上建成的。离开晋江的前一天晚上，我没有参加他的饭局，我有点歉意。因为那天下午我们在晋江博物馆看张瑞图的书法展，老黄亲自讲解，他对晋江的历史文化如数家珍，也真切热爱，我们交流得很好，我对晋江深厚的文化底蕴和人文景观满是敬意。我谈了对书法展品的一些看法，老黄很惊讶，说，没想到你对书法有那么多的了解。两人有点相见恨晚的味道，就差一杯酒了。由于我之前约好朋友相聚，去安溪吃美食，我们的酒会只能放到下次了，因为第二天上午我就要返回北京。

没想到吃完晚饭回来，我们在电梯里相遇了，他显然已经喝了几杯了，手里还端着没有喝完的酒箱子，大约还有两瓶。我们俩眼神一交流，再喝？几乎不约而同地说出来了。于是他拎着酒箱子，我带着从安溪带来的小吃，来到我的房间喝上了。然后我又打电话叫上涛哥，他本来应我之约，一起去安溪吃美食的，后来采访迟，没去成，现在正好补喝。

没有菜，老黄要去叫外卖，我说不用，喝酒就是喝酒，要啥菜呀。我打开从安溪带来的葱油饼，这葱油饼做得很有创意，包装成水果糖的样子，很袖珍，一块一块取出来，倒也适合喝酒了。

我们就着葱油饼已经喝了两杯，这时善解人意的吴芸送来好几盒土笋冻，说："这个是当地做得最好的土笋冻，最下酒了。"我说："这两天就想土笋冻了，来得正是时候。"

和老黄喝酒聊天的过程中，我慢慢了解到，这土笋冻其实不是竹笋做的，而是沙虫熬制出来的。沙虫是福建沿海的软体蠕虫，学名星虫，别名沙虫、土笋，形状酷似蚯蚓。沙虫做成土笋冻之前，先在清水里放养一到两天，让沙虫吐出泥沙，然后用石板将其碾压，将腹中残存的泥沙杂质清除，然后放在清水里漂洗干净，再放入锅中煮熬。等到自然冷却之后，晶莹剔透的土笋冻就凝结起来，用筷子一挑，吃到嘴里，冻是软的、糯的，"笋"却有弹性和韧劲。那天晚上我们吃的土笋冻甚至能嚼出清脆的声音来，仿佛青萝卜一样。

太下酒了，我大呼一声，和老黄连饮几杯，老黄也不推却，我们仨不知什么时候，将老黄箱子里的酒全部打开喝了。老黄还要再喝，我说已经到位了，要不是土笋冻这么鲜美，是喝不了这么多酒的。听到这，老黄才恋恋不舍地离开，回家。

我记住了土笋冻，这个其貌不扬的小吃，其味道一点也不逊色于那些价格高昂、名头响的大菜。前些年有一个词儿非常流行，叫生猛海鲜，几乎是粤菜的代名词。福建和广东的菜比较接近，但同样吃海鲜，福建人似乎要温文尔雅一些，不像广东人那么生猛，土笋冻最能说明问题。如果按照生猛海鲜的吃法，土笋也是可以做成刺身吃的，比如粤菜里的生蚝，就是蘸着芥末等调料来吃的，而晋江人却把沙虫熬成了冻，很卫生，也很贴心。冻应该是来自传统饮食的烹制方法，江浙菜至今还有鱼冻的做法，与土笋冻的烹制如出一辙，也是将小鱼、小杂鱼熬成冻，第二天加点儿醋，或吃粥，或吃泡饭，当然也是上好的下酒菜。

土笋冻的烹制方法是传统的，但食材却是非常现代的。虫子在食材上属于怪力乱神类，属于非常态的菜谱，但晋江人用传统的工艺让其温文尔雅，晶莹剔透，甚至像果冻一样可爱。这样把传统和现代、自然和创新融合起来的美食手段，算不算晋江经验或者福建经验？

第二天早晨，我看着桌上还有两盒土笋冻，就当早餐吃了，一杯浓郁的岩茶配上清脆的土笋冻，恐怕是早餐之极致了。不知道有没有人这么吃过？

2022年2月6日于凤城河畔

怪吃

我原以为南京人吃臭豆腐干是一种南京特色，没想到走了几个城市以后，发现爱吃臭豆腐的人居然不仅仅是南京人，这多少有些让我失望。人们常说某人香的不吃吃臭的，是说该同志不识抬举，不分好歹，不会做人。可人们不仅要吃香的，还要吃臭的。圆滑固然是为人处世的诀窍，可耿直亦是人的另一种价值，虽然多数人并不是耿直者，但在价值的天平上人们无疑倾向耿直而鄙视圆滑。

暂且打住，还是回到吃的主题上来，人的价值和食的价值其实是不可作简单类比的。我这里着重介绍几种自以为有悖常理的怪吃，或许有的朋友特别是云贵川的读者会觉得我说得太平常了，但我还是想把我的感受与熟悉和不熟悉这些怪吃的朋友进行交流。

鱼腥草

鱼腥草名不虚传，有一股浓烈的鱼腥，这种鱼腥是未做剖膛去鳞之前的那种鱼腥，进口之初，是鱼腥气，接着是鱼香，最后是植物本身的清香和甘甜。再加之鱼腥草多半用辣的调料凉拌，在腥香清甜的同时还有辛辣，真可谓信息量大矣。女作家迟子建每餐必点此物，另一女作家林白尝了一筷之后则坚辞。出生东北北极村的迟子建嗜鱼如命，因爱鱼而及鱼腥草。据说鱼腥草含有大量的维生素，具有清火去热的功能，可有一点我弄不明白，既清火去热，为何又用辛辣生火的辣油为调料呢?

竹结虫、炸蚂蚱

竹结虫是一种动物，是寄生在竹叶之间的昆虫，其形状也颇似竹节，油炸之后蜈蚣式的躯体和爪足依然栩栩如生，我大胆地搛了一口放进嘴里，不免有些迟疑，后咽了一口唾沫把它运到牙齿间，嚼碎之后味蕾也恢复了。油炸竹节虫的味道与炸蚂蚁的味道相近，有点像我们江浙一带的油炸河虾，准确地说是那种没有虾仁的油炸虾的味道。

早听说山东有道名菜叫炸蚂蚱，可去了几次山东都没有见到，而1993年在昆明白族的一家食馆里首次尝到。还有一种小动物也常被用来油炸当作下酒的菜，这就是蚕蛹。据说蚕蛹和上述两种动物都含有丰富的氨基酸，是高质量的防癌食物。

然而，这两种食物总有些怵人，记得我在昆明的农贸市场上看到一大堆活生生、白花花的竹节虫在那里蠕动，我禁不住联想到电视画面上那些甲壳虫一样的“面的”和房屋。

生鸡血

动物的内脏一般都能吃，而动物的血液就不一定了，至于食用生的动物血，就更怪了。为什么说怪，是因为古代的人在火使用之前是生食生饮的。苗家人至今还保留食用生鸡血的习惯，这显然是一种古风的沿袭，而不是缺少燃料。更重要的是生鸡血还有奇异的药效功能，它有特别的吸附作用，能吸附停滞在肺和胃当中的尘埃和杂质，起着清道夫的作用。贵州地区的纺织系统女工就经常饮用生鸡血来清洗肺部的污染，据说效果异常的好。

生鸡血作为药物和保健品，人们还是容易接受的。可作为风味小吃，是有些让人却步的，它的生冷和血腥多少给人以野蛮和不洁之感。1994年7月我们参加《山花》笔会的几位作家在苗族风味小吃店里，碰到了生鸡血。叶兆言和苏童先后打了退堂鼓，胃口极佳的林斤澜先生当仁不让。我起初也有些起鸡皮疙瘩，可林前辈连连叫好的状态，鼓起了我的勇气，我随之要了一碗。这鸡血是当日的新鲜鸡血，除加些盐和香油外，还有葱花和香菜，鸡血在水里成豆腐块状，因是生的，味道鲜嫩无比，远远胜过我们常吃的豆腐脑。虽是生鸡血，却没有一点儿血的腥味。我吃（其实是喝）完一碗，又要了一碗，而林前辈一口气用了三碗，仍有不肯罢休之意。苏童和叶兆言在一旁傻傻地看着我们如痴如醉的食态，将信将疑。

烤青虫

我小时候吃过的一种怪味现在可能很难吃到了，它的名字该叫烤青虫。我八九岁的时候每放暑假就到乡村的外婆家，去和舅舅家的表哥表弟厮混。表哥家的生活可用“贫穷”二字来概括，很少吃到荤腥，可表哥能变着法儿为自己改善生活，钓鱼、捉鸟、打蛇，除了自己吃以外，还常常带回家去。有一次，表哥说太馋了，可既抓不到鱼又逮不住鸟，更碰不到水蛇，他突然发现杨树上爬行的青虫，这种青虫我至今叫不出它的名字来。它肥硕的身躯像一只青色的大蚕，充满了脂肪和肥肉似的，表哥的口水都掉下来了。他将青虫放在包装香烟的锡箔纸上，然后点燃一堆枯草烤了起来。青虫摇摆着笨脑袋挣扎来挣扎去，最后在焦煳中“升向天国”（表哥的词语）。表哥迫不及待地把青虫放进嘴里，又连烤几只。我吃过一只表哥烤的青虫，味道奇异，既有动物的鲜美，又有植物的清香。

我至今再没吃过这般奇异的食物。

明府鲞

去光明村的路上，我竟然吃到明府鲞。光明村是宁波镇海区的第一村，虽然那叫作村子，但已经全无乡村的痕迹，像城市里的一个新的小区，老的小区是没有那么多绿化地的。说光明村是社会主义新农村，不如说是社会主义新城市，因为现在的城市建设很多方面是要恢复乡村文明，将乡村的绿水青山、自然和谐、无污染无公害移植到城市中。光明村在保存乡村文明的基础上，又建立了现代化文明，堪称新农村或新城市的典范。

在光明村，我们吃到了明府鲞。明府鲞是宾馆里吃不到的美味，它应该是光明村曾经的渔村记忆。《宁波日报》的老朱是位小说新秀，他在向我介绍这道菜时，始终解释不清楚，村主任说，这是最好吃的。听罢，我们就一起下筷子。来自北方的韩小蕙、王祥夫等人，吃了一口，私下里对我说，怎么有点味儿？

我当时不知道“明府鲞”这几个字怎么写，但那味道很熟悉，类似我小时候吃过的萝卜鲞的味道，有点咸，有点酸，当然还有点臭。他们不好意思说出那个“臭”字，我就问他们，是不是有点臭豆腐的味道，他们点头称是。

我趁机向他们宣扬我的美食经：人的口味是随着年龄的增长而变化，随着经历的变化而变化的。童年时代最喜好吃甜，小孩子生下来你给他吃酸辣苦，他会哭着拒绝，但如果你给他甜水，他就会止住哭，很享受地吮吸。等稍稍长大了，就可以吃一些酸的，比如调料醋。再大一些的时候，开始接触辣味，川菜、赣菜、湘菜都是靠辣出名的。灌辣椒水虽然被视为酷刑的一种，但人们对辣味的热爱却经久不衰，改革开放以来，辣菜红遍大江南北。酸甜苦辣，是人生中的多种况味，人生对酸苦的认识，常常伴随着失利、失落、失败情绪的滋生。苦瓜之类的食品对应着人生的苦涩。吃苦，吃苦，是小时候大人教诲孩子的口头禅，能吃苦常常是对一个人的褒扬和称赞，不能吃苦常常用来评价不堪大用之人。

但说到臭，很多人就会掩其鼻子远而避之，但爱吃臭味菜肴的人不在少数，杭帮菜里有一道油炸响铃，就是油炸臭豆腐，无论是老杭帮菜还是新杭帮菜，都大受欢迎。徽菜里的臭鳜鱼，是徽菜的经典菜，去徽菜馆几乎无人不点。而武汉人，号称他们的臭豆腐煲，天下最臭。那不是贬义，而是自我颂扬。

明府鲞显然也是臭的，光明村的村主任告诉我们，明府鲞是用墨鱼加工而成。墨鱼，俗称“乌贼”，晒干成鲞，是宁波非常有名的海特产品。宁波古时候称明州，明州府的鲞就是明府鲞了。墨鱼每年三至五月为旺产期，除鲜食外，大都被加工成明府鲞。用刀把墨鱼的腹部切开，再切头部，穿过眼球；然后由尾部起摘除全部内脏，保留骨片，经在阳光下多次翻晒成干品，就成了鲞。

《红楼梦》里也有对“鲞”的精彩描述，不过说的不是明府鲞，而是“茄鲞”。

读者之所以对“茄鲞”产生怀疑，大多是由于对古代的饮食典籍较少阅读，更不必说深入研究。首先，人们对“鲞”字的理解有片面性。一提起“鲞”字来，就想到鱼鲞，非鱼不鲞。生活于南方的人，尤其如此。其实，除了鱼可以“鲞”外，果蔬类也可以“鲞”。例如，元代食谱《居家必用事类全集》已集有“造菜鲞法”。其文云：

> 造菜鲞法：盐韭菜去梗用叶，铺开如薄饼大，用料物糁之。陈皮、缩砂、红豆、可仁、甘草、莳萝、茴香、花椒，右件碾细，同米粉拌匀，糁菜上，铺菜一层，又糁料物一次，如此铺上五层，物重压之，却于笼内蒸过。切作小块，调豆粉稠水蘸之，香油炸熟，冷定，纳瓷瓶收贮。

此即“韭菜鲞”，文中详述了其用料、制作经过。将文中的

“切作小块，调豆粉稠水蘸之，香油炸熟，冷定，纳瓷瓶收贮”，与《红楼梦》中“茄鲞”“俱切成丁子，用鸡汤煨了，将香油一收，外加糟油一拌，盛在瓷罐子里封严，要吃时拿出来，用炒的鸡瓜一拌就是”对看，二者异曲同工，如出一辙。

“韭菜鲞”之外，还有一种“萝卜鲞”。清人舒敦在《随园诗话》中所写的批语有一则记载，文曰：“承恩寺瓶儿辣菜极佳，萝卜鲞尤妙。”以上二例说明“鲞”法也适用于果蔬，非限于鱼类。仅就我自己生活中所见，经过晒干的果蔬还有南瓜干、豆角干、葫芦干、地瓜干、山楂干、梨子干、蕨菜干……北方人多称某某“干”者，也就是“鲞”。所谓“茄鲞”“萝卜鲞”，只是见于记载者，不见于记载者更不胜枚举。

至于有人说“茄鲞”有“九蒸九晒”不合理，这恐怕也是想当然耳。2001年上半年，我应邀去洛阳师范学院中文系讲课，这期间主人请我吃著名的“流水席”，其中有一道“牡丹燕菜”，美味可口。于是我向主人请教其中主料是什么，主人告之曰：“此乃当地出产的萝卜切成丝，经过‘九蒸九晒’之后用鸡汤煨过而成。”传说这个制法从唐代武则天当政时即有，流传至今。这件事我之所以记忆深刻，一是美味难忘，二是此即“萝卜鲞”制法的活证据。既然“萝卜鲞”可以“九蒸九晒”制成“牡丹燕菜”，那么怎能说“茄鲞”九蒸九晒就不合“烹饪常识”呢？

从二十世纪八十年代初起，北京中山公园内来今雨轩的厨师们就开始研制“茄鲞”这道菜，他们是把鲜茄子削皮切成丁，然后过油与各种干果仁（研末）热炒，可谓改良的“茄鲞”。京内大观园红楼酒家则是冷拌，用料也不尽相同。两家的“茄鲞”各有特色，为“红楼”美食增添了新的品种，同时也给研究者带来新的话题。

我以为小说中的“菜”都是艺术化了的，倘若制出来，只能是各有其味，好吃就行了。何况还有人认为它是北京话“且想”的谐音呢！

胡公饼

一个地方名胜常常因为一个人或者一个人的一篇文章、一幅画、一首诗甚而出名，不过永康却因为好几个人出名，这也不奇怪，怪的是永康能把几个名人浓缩在一座方岩山上，这确是不同寻常。

到方岩山之前，我读过郁达夫的游记《方岩纪静》，郁达夫的文章年代久远，但郁达夫的文章还是没有失去光芒和色泽，我在写这篇文章的时候，在想：我们今天写的文章能和郁达夫媲美吗？肯定不能。“眼前有景道不得，崔颢题诗在上头。”古人的感慨也是今人的感慨，今人的感慨其实更多来自古人的“压迫”，我们今天看到的风景其实已经被古人看过了，我们的内心不见得比古人更丰富更敏感，何况我们还是被前人的思维所导引并制约，所以我希望写的风景是没有被前人看过的，至少没有被前人写过的，因为没有约束和框架，我们可以写得自由一点、放松一点，也因为没有前人华章的参照，我们不会显得那么平庸。

这次来到永康有露怯嫌疑，前人和同代人的文章已经够精彩够丰富的了，而我匆匆来去，能写出什么样的文字来呢？但我还是禁不住永康的人文风景的诱惑，我还是要写写这里别样的感受，一个远在北京的游子偶尔回到江南的心绪和感受。

方岩山的美是一种意料之中又是意料之外的美。意料之中，是浙江的名山都名不虚传，沈括笔下的雁荡山、李白梦游天姥吟留别的天姥山，都值得观赏值得流连，方岩山的美是应该的，所以意料之中。而在攀登的半途中，有几位同伴作家见到陡峭的山路，就有些示弱，我本来也担心膝盖受不了攀梯的考验，后来见年长的陈世旭居然没有畏怯，我从绕行者的队伍中又“逃脱”出来，正犹豫中，陆布衣说：“值得一看，山上的风景平常看不见的，我以前登上去看过。”我鼓起勇气，攀岩而上，一步一停留，一步一风景，这些风景没有辜负朋友的推荐，也没有辜负我攀登的辛苦。

意外的是，我看到了千人坑这样诡异的山貌，这让我纠缠多年不能解决的一个问题又重新浮现出来，就是《水浒传》里面写到宋江带领梁山义军讨方腊的故事。施耐庵是我的老乡，江苏兴化白驹镇人，人们都认为他是《水浒传》的作者或集大成者，这一点从小说里也可以看得出来。他写水泊梁山，写水写得极为生动，因为我的老家是水乡，他把阮氏三雄写得那么出彩，与他熟悉水网地区渔家生活分不开。他写农民起义的过程也相当成功，写出了“官逼民反”的合理性，比《三国演义》写吕布的倒戈要更有说服力和感染力。这与施耐庵曾经参与过明末张士诚的盐民大起义有关。但后来写宋江招安后去征方腊的故事，写得平庸平淡，乏善可陈，所以金圣叹“腰斩”了后面的28回，是非常了不得的。原来我以为施耐庵缺少生活，有编造的嫌疑，但看了千人坑的实景之后，我觉得原来是有出处的。

方岩山上的千人坑与方腊有关，郁达夫在《方岩纪静》里有这么一段话：“宋徽宗时，寇略永康，乡民避寇于方岩，岩有千人坑，大藤悬挂，寇至，缘藤而上，忽见赤蛇啮藤断，寇都坠死。”郁达夫没有写寇是哪方神仙，当地作协章主席告诉我，这里就是方腊曾经占据与官兵抗衡的地方，方腊的义军在这里死了近千人。我望着千人坑陡峭的悬崖，爬满了郁郁葱葱的青藤，想起那条神奇而出的赤蛇，怎么会咬断青藤呢？是传说吧？估计是当年方腊的人马在此激战过，伤亡较大，因为千人坑的悬崖虽直壁挺立，但空间并不是很大，如果大藤被蛇咬断，伤亡也就几十人，离千人何其远？郁达夫文中又说“盗踞方岩”，从中可见方腊最后还是攻下了方岩制高点，只是伤亡惨重，中途又有“灵异”出现，留下千人坑这么一个悲惨的记载。不知道“方岩”的“方”和方腊有没有联系，是先有方腊还是先有方岩呢？

《水浒传》里方腊形象丑陋且不论，但实在写得太概念化，和前面写一百单八将完全不像出自一个人之手，作者写林冲、鲁智深、武松是何等的惊天地泣鬼神，写镇关西、潘金莲、西门庆这些“反面人物”也是同样的“高峰”水准，怎么到了后三十回突然像《红楼梦》后四十回高鹗续作一样平庸呢？问题是《水浒传》是同一个作者，同一个施耐庵啊。

攀岩而上，我带着微汗登上顶峰，在山顶我们见到了传说中的胡公庙。胡则是方岩山的灵，也是永康的魂，他的存在为永康的山水披上了一层神秘而神奇的外衣，他生前就有很多生祠，这不足为奇，很多权势人物在生前为自己树碑立传，死后就烟消云散了，而胡公庙现在依然遍布全国各地，他的人格被神化了，被神格化了，像关羽一样，很多地方有关帝庙。胡公庙历史悠久真实，但作为庙的格局，自然大同小异，我出了庙门，发现一群穿制服的男女在录制视频，《我和我的祖国》唱得很投入，时近国庆七十年，举国都在同唱此歌，永康人在绿水青山之间歌咏，挥着国旗，不失为一景。忽然发现歌唱的人群中有一张熟悉的面孔，脸庞俊俏，很似一个熟人，我以为是看错人了，便倏然一瞥，下山而去。

下山途中，发现那位穿制服的俊俏面孔竟尾随我们而来，再细看，原来是到机场接我的青年作家任六一，难怪面熟。六一原是工商局的秘书，文章写得清丽，这几天一直参与采风活动，没想到忙里偷闲还参加了国庆的歌咏，永康人把文学、山水、工作、爱国交织得如此水乳交融，我知道永康效率是怎么来的了。

但对于我这样的吃货来说，我还要谈下给我印象深刻的胡公饼。那日，我们来到胡则的出生地胡库村，这里是当年胡则出生的地方，传说胡则出生在厕所，后改名为胡则，可见胡则出身贫寒家庭，对于百姓有着切肤之爱。胡库村如今也已经不是一般的村寨了，作为新农村建设的样板，不仅有现代生活的富足和安逸，还保留着传统生活的质朴和纯真。村头有一户人家在做“胡公饼”，我们很好奇，是胡公当年吃的饼吗？东坡肉传说是苏东坡发明的，而毛家红烧肉据说是毛泽东最喜欢的一道菜，胡公饼也有这样的典故吗？

我和王十月、乔叶坚持等着新的胡公饼出锅，我们显得有点馋相，因为看到菱形的饼在平底锅上摊着的时候，金黄金黄的颜色，透着麦子成熟的气息，土地的泥土味也仿佛在柴火的烘烤下向空气里渗透，我们三人边吃边叫好：香，香！是小时候的味道。

后来我才知道，永康的特产是饼，麦饼、肉饼、胡公饼，都是永康最为常见的食品。因为永康先天性的人多地少，外出谋生的人特别多，而随身带的干粮就很自然地要简便、耐饿、抗腐，当然还要味道可口。男人外出走街串巷，妻子和母亲就精心准备干粮，“小五金之乡”的美誉与那些家常的饼是分不开的。男人们的小五金绝活誉满神州大地，同样心灵手巧的永康女性摊的饼自然也就出色。

将这些饼称为“胡公饼”只是一种美好的愿望，是一种寄托，胡公当年不会吃到这些饼，也不会制作这些饼，但不妨碍永康人将胡公的美名冠到日常生活的每个细节中去。

当年郁达夫游历方岩山时，没有尝到胡公饼，这一点，我比他有口福。

2019年10月22日于昭通大慈酒店

“凤鸣三仙”诞生记

旅行一次，遭遇一道菜，也是不错的收获。

从抚仙湖出发，车行高速，已近黄昏，到目的地古城会理还要四个小时。我对司机小古说：“六点半吃晚饭。”他说：“六点到武定，过了武定就没有好吃的了。”

车进武定，司机七转八转路过好多饭店，看上去都不错，我都有些心动了，他还不停，我有些疑惑：要去城里吃吗？他说马上到了，这家好吃。

车停到一家在云贵地区寻常见到的路边店，一看厨房旁边琳琅满目的蔬菜品种，我问服务员，可以不按菜单点吗？服务员说，有新鲜的鸡枞。

我一下子乐了，这几天天天吃鸡枞，因为这时正是鸡枞上市最好的季节。刚到昆明第一天，性能（一看名字像个和尚）说吃点儿新鲜菌子吧，正是鸡枞上市的时候。他让温酒女士（一看名字像个老板娘）在“后院”小店安排了一顿丰盛的火锅，温酒女士一大早骑车到郊区购来了新鲜的鸡枞。第二天，爱松又请我去晋宁吃菌子汤，当然少不了新鲜的时令菜鸡枞。在抚仙湖，丽萍又在春明家安排吃了鸡枞。

此行好像专门为鸡枞而来。

鸡枞当然是我的最爱了。最早的时候，是1987年的1月2日在汪曾祺先生家吃到的，那天他做的是打卤面，然后拌上油鸡枞，鲜美无比。他介绍说鸡枞是云南的一种菌子，是云南的朋友刚刚带过来的。我当时不知道“鸡枞”二字怎么写，隐隐觉得是一种味道近似鸡肉的蘑菇。

1988年秋天认识了在鲁院读研究生班的余华、迟子建和海男，他们班上藏龙卧虎，经常在一起打牙祭。一次我说起在汪先生家吃过的一种油鸡枞，来自云南的海男说，我妈妈做得最好吃。海男记在心里，给我寄过，后来她妈妈也到了昆明，但熬不了油鸡枞了。

但鸡枞并没有断，因为策划《大家》杂志，我经常去昆明，朋友送，自己买，家里的冰箱始终会有一罐油鸡枞。全家都很喜欢吃，尤其吃面条，简直是天界美味。2003年女儿要去美国读博士，我问她带点什么吃的去？她想了想，带一罐祖母酱，带一罐油鸡枞吧。我说多带几罐，她说万一海关没有过，不是太浪费吗？祖母酱是我母亲自制的酱料，是我们家的“非遗”，此处不表。

云南的朋友每每说起，鲜鸡枞才好吃呢！我在北京的东便门云腾宾馆吃过几次，没有想象的那么鲜美。我想可能是空运的原因，周转冷冻消磨掉了鸡枞的鲜味。后来到云南吃过几次新鲜的鸡枞，也和北京云腾宾馆的味道相差无几。这几天连续吃鸡枞菌，总觉得没有油鸡枞的味道好。

现在我看到厨房边上的菜房里，陈列着新鲜的毛豆和青椒，忽发奇想，就和服务员说，青椒、毛豆、鸡枞炒肉丝。服务员惊讶：鸡枞炒火腿吧？我说不是，是肉丝、青椒、毛豆。她记下，司机小谷说，没有这种吃法，我说会好吃。我看到服务员在和大厨交代我们点的菜的时候，大厨有些不解，我走过去对大厨关照：鸡枞、青椒、毛豆炒肉丝，急火，爆炒。大厨点点头：可以。

菜一上桌，我知道一道新菜诞生了，我们几个人，连声叫好，要勺子舀着吃，等想起来拍照时，盘子里只剩下一小块了。后来我在微信里晒的那张照片便是残羹了。小谷问：这个菜叫什么名字？我说以前没有，今天是第一次尝试。小谷说，那你起个名字吧。于是，我在微信上开始征集名字，宁肯建议是“豆蔻青葱（枞）”，红兵说“娇枞年华”，韩松刚说是“鸡毛飞上天”，朋友圈一时煞是热闹。我最后把它命名为“凤鸣三仙”，凤，因为每只鸡都想成为凤凰，三仙则是毛豆、青椒、肉丝“三鲜”的“仙化”，“鸣”则是爆炒时的响声。

晚上，我在想为什么鸡枞这么炒味道鲜美，在于鸡枞本身不适合当主角，它是调味的鸡枞炒火腿肉也好，鸡枞菌子的汤也好，它们都是以鸡枞作为主菜的，而大家称为神菜的油鸡枞拌面条，鸡枞只是一个配角，只是一个调料，而鸡枞炒肉丝、青椒、毛豆的“凤鸣三仙”，鸡枞只是占据了四分之一的“篇幅”，它的功能在于汲取其他菜的鲜味，“化合”成另外的鲜味，这是一项带有化学反应的烹调。就像虾米味道很鲜，但它本身做菜并不是特别的鲜，放在冬瓜汤里就异常鲜，虾子酱油下的面条也异常鲜，虾米和鸡枞一样都属于“吊味”的。

其他的菌类没有这么高的吊味的功能，还在于鸡枞特殊的属性，鸡枞属于菌类，和牛肝菌、松茸、松露被当作菌类的高大上一族。这些蘑菇都属于标准的植物，而鸡枞菌虽然也属于蘑菇，但它身上可能含有某种动物蛋白，因为鸡枞菌是和大白蚁共生的，它必须生长在白蚁的巢穴之上，白蚁的唾液及其他的分泌物是鸡枞生长必不可少的营养，这让鸡枞带有某种动物的元素，就像冬虫夏草一样。因而鸡枞也和虫草一样，很难进行人工培植，我吃过人工种植的，才知道什么是味同嚼蜡。

2019年8月2日于会理

2021年端午改定于北京

过桥米线和菜泡饭

饮食文化是交融的，南北会交流，中西也会碰撞。扬州炒饭是淮扬菜的看家菜，但这扬州炒饭其实是经过粤菜厨师的加工之后才变得这么好吃有影响的。我是吃淮扬菜长大的，蛋炒饭是小时候常吃的一道，基本上鸡蛋炒饭，最多加点儿葱花。而现在流行的扬州炒饭，又是火腿又是虾仁，加了无数的配料，这是广东厨师调味出的结果。

这扬州炒饭非但是南北餐饮的结合物，后来也成了中西餐的一个共赏物。没有吃过中餐的老外，最能接受的中餐据说是扬州炒饭。当然西方人在吃炒饭的时候还要浇上醋、咖喱之类合他们口味的调味品，与我儿时吃的蛋炒饭大相径庭。

是先有米线还是先有面条？没做过考证，照我的理解，该是先有面条后有米线、米粉、河粉之类，但筷子似乎有时是专门用于吃面条的。南方把米粉做成元宵，北方把面粉做成饺子，就是一种很好的对应。

蒙自过桥米线产生于明末清初，这就坚定了我米线是面条的替代品的想法。明代朱元璋开始，就不断有中原人士南迁到西南地区，西南不宜种麦子，吃惯面食的北人很自然就想到了替代品，这米线该是改良的成果。

而蒙自过桥米线则是更加北方化的文化杂交饮食。明末清初，大量北方游牧民族南进，他们的饮食比中原人更加粗犷和简捷，过桥米线的产生，实在让人不能不联想起北方游牧民族的涮羊肉。所不同的是，由于南方物产丰饶，加之南方人的精细，这过桥米线就明显比涮羊肉要丰富和复杂，主体也改变了，由涮肉变成涮米线了，当然总体风格还是一个：简捷。

说实在的，我吃米线很晚了，大约在我三十岁的时候，我才第一次吃上米线，那时候人的胃的结构已经形成，很容易排斥另外的非本胃文化的饮食。但我第一次吃米线，就喜欢上了这种方式，且当时还不是过桥的方式，等尝过过桥米线之后，就欲罢不能了。以前在南京的时候，家门口就有一家云南人开的蒙自米线店，我经常带家人去过馋瘾。现在到北京不像过去那么方便了，我仍然执着寻找米线店，终于在东便门云腾宾馆发现了心爱的过桥米线，因此我的舌头和胃又一次找到幸福的家园。我带朋友吃饭，吃得最多的是云南菜，云南菜中吃得最多的是过桥米线，好多朋友因为我爱上了过桥米线等云南菜，还有一些朋友爱上了普洱茶。朋友们开玩笑说，你快成了云南米线的代言人了！

蒙自过桥米线有一个美好的传说，说蒙自的一个读书人，在南湖用功读书，废寝忘食，妻子怕饭菜凉了，就急中生智发明了鸡汤保温保鲜这个方法。这个传说是对中国传统文化的一次褒扬。在蒙自县城的南湖，还有一座传说中的过桥，风景秀逸，令人浮想如云。

传说当然美好，也可能是真实的，但蒙自过桥米线广为流传的原因，除了它的美味外，还在于它的方便和节俭。在我的家乡，有一道菜泡饭广为流行，当时其实是被穷困逼出来的，富贵人家，饭是饭，菜是菜，断然不会饭菜混在一起煮的。而穷人则没那么多讲究，菜泡饭，一锅全煮，又省材，又省油，还省时间，且少洗碗，颇有些类似过桥米线。

不过因贫穷产生的饮食不一定就不好，而那些讲究排场、讲究奢侈的大菜也不见得就好吃，就能流传。比如，满汉全席，名可谓响矣，可有几人吃得起，又有几人能吃到真味呢？而且，那些高脂肪、高胆固醇且以野生动物为原料的大菜，大悖科学发展观！

倒是那些因为贫穷而产生的美食反而更健康更环保，比如这蒙自过桥米线，比如这菜泡饭，省了多少油，省了多少原料，省了多少煤气，又省了多少人工！如果评选最佳节能美食奖，蒙自过桥米线当获第一名！

临沧记茶

来到被称为“天下茶仓”的临沧，自然是要对茶文化感兴趣。

茶是古老中国文化的象征，中国英文“China”有人认为是丝绸和茶两个词组的拼接，或者说是瓷器和茶的拼接。丝绸也好，瓷器也好，它们都是中国人对世界文明的巨大贡献。或许有学者对这一说法持怀疑的态度，但反过来这证明了世界对中国的认识是从茶叶、丝绸、瓷器开始的，“茶马古道”“丝绸之路”记载的是中国文化在世界长河的辉煌足迹。

云南是茶的故乡，而云南的茶产量又是以临沧居首。说实在的，在来临沧之前，我不太熟悉临沧这个地方，我到过西双版纳，到过当年的思茅，到过大理的下关，也到过保山的昌宁，我知道那里的茶名很盛。这一次来到临沧，才发现原来自己是井底之蛙，不知道天下茶仓和第一茶树在哪里，还奢谈什么茶文化。

我在临沧看茶的第一站是双江县的勐库大叶茶厂。据当地人介绍，勐库紧邻北回归线，是国家级有性系茶树良种勐库大叶种茶的原产地，属典型的亚热带立体气候。在海拔3228米的勐库大雪山原始森林中有着近万亩的野生茶林群落，茶树树株最高达22米，基围粗3.25米，是全国群落面积最大、海拔最高的野生茶林，树龄大多在2500到3000年间，如此大规模的古茶树林的发现，在世界茶叶历史上实属罕见，从而进一步证实了双江是世界茶树原产地之一，是生物多样性的活基因库。

我们来到普洱茶的生产车间，看到工人们压茶，压茶的工人多是中年妇女，她们的压茶方式基本是手工的，压茶的石头已经被茶叶磨得光滑，幽幽的石光记录着岁月的流痕和工人们的勤苦。我和同行的几位作家曾经试图去启动那石头，最后还是放弃了，怕沉重的石头扭伤了肩和腰。而那些妇女日复一日、年复一年地在不断上下启动着那块石头。当我们在品茗论茶的时候，有谁会想起那些辛勤劳作的妇女呢？谁知盘中餐，粒粒皆辛苦。在茗香飘溢的茶楼会所里，其实也有劳动妇女的汗水在飞。

后来又来到了“滇红”的故乡——凤庆。滇红是我接触到最早的红茶，在我童年的时候，每到春节，我们全家每人可以喝到一小杯的滇红。后来我才知道，因为当时滇红全部出口，只有极少量的茶流入国内市场，父亲当时在供销社工作，春节可以分到一小袋滇红。滇红在我的记忆里，充满了节日的气氛。“文革”期间，喝茶本来就是奢侈的，父亲喝的是茶叶末子，能够喝到国宝级的滇红当然是莫大的幸运。大年初一的清晨，父亲用搪瓷缸泡滇红，然后轮流给我们尝一口。后来我和同学们显摆家里有滇红的时候，同学问：什么味道啊？我想了想，说滇红的味道像蜂蜜，带着酒的醇香的蜂蜜。

蜂蜜的记忆，在当年是童年不准确的记忆，那时候我们把最好的美味都比作蜂蜜，因为我们压根儿就没有尝过蜂蜜的味道，但当时“比蜜甜”是形容最高味道的说法。待后来我喝到了蜂蜜，再尝滇红的时候，才发现是何等天真可笑。这一次来到了滇红的公司，尝了各种风味的滇红，才发现滇红的醇厚、滇红的丰富远远超过蜂蜜的浅薄。厂长热情洋溢的介绍，让我看到滇红的传奇史，也看到了临沧茶文化的深厚。

1938年，“滇红”在凤庆试制成功，成为中国的出口名茶，年出口量占全省茶叶出口量的40%以上，创汇占全省茶叶出口量的50%以上。云南凤庆滇红茶叶集团股份有限公司是云南目前最大的茶叶生产企业，全区茶叶面积达65万亩，年产量达2万多吨，面积和产量均为云南第一。当然滇红时常作为国礼被馈赠给各国的元首、精英、名人，这提高了滇红的国际影响力。

厂长告诉我们，临沧和凤庆值得骄傲的还有一棵全球最古老的茶树，被称为神树的茶树。这棵茶树有一个非常美好的名字，叫“锦绣茶祖”，在滇西凤庆县小湾镇锦绣村的境内。古茶树高达10.6米，树冠南北11.5米，东西11.3米，基围5.84米。1982年北京农展馆馆长王广志先生以同位素方法，推断其树龄超过3200年，广州中山大学植物学博士叶创新亦对其进行研究，结论一致。2004年年初，中国农业科学院茶叶研究所林智博士及日本农学博士大森正司对其测定，亦认为其树龄在3200年至3500年之间。2005年，美国茶叶学会会长奥斯丁对其考察认为，锦绣茶祖是迄今世界上发现的最大的古茶树，如果考虑到它是栽培型的，那它对人类茶文化的历史将具有无与伦比的意义。从其树龄超过3200年推算，其“年龄”甚至比商纣王还年长近100岁，比春秋时代的孔子年长近700岁，比秦始皇年长近1000岁……就在这棵茶树王的身边，至今还有它的子孙1400多棵，茶海绿波，子孙同堂，郁郁葱葱。我们一行在茶树下合影，向古老的茶树致敬。

神树得天地之精华，阅人间之沧桑。神树笼罩的周围没有其他的树种，一副唯我独尊的气概。这树的叶子也是神叶，远近的茶农不得前来采摘。神树受到乡民的供奉和朝拜，也受到茶友们的膜拜。2006年5月，来自中国台湾、中国香港以及马来西亚的茶界名人以及云南省澜沧江流域的苗族、傣族、佤族、藏族等8个少数民族祭拜队共5000多人会聚在香竹箐，祭拜了这株“地球上最大的古茶树”。当然，以这棵古茶树树叶制作的499克茶饼，也成为文物级别的稀有物。在2007年的普洱茶文博会上，以25万元起拍，以40万元的天价拍出，每克800多元，价格接近当时黄金价格的四倍，创下当时新茶拍卖最高纪录。

当然，茶的价值不是仅仅通过金钱来衡量的。临沧的茶孕育着的文化丰富多样、深厚，值得慢慢追寻。临沧与缅甸接壤，礼佛重茶，平淡荣辱。临沧夏冬无热无寒，临沧人淡定从容，原来临沧的茶文化深含着禅意，也就明白它的声名如此低调了。

知青饭店

很多城市都开了知青饭店。人们在吃够了粤港海鲜楼、北京烤鸭店、四川火锅城之后，会到这里来换一下口味，开一次“土荤”。

“知青”的含义在新版的《现代汉语词典》里是这么解释的：知识青年。而该词典的“知识青年”的条目中又是这么解释的：指受过学校教育，具有一定文化知识的青年人。如果依照《现代汉语词典》的解释，1970年代以后出生的人对“知青”这个词是不能理解的，因为在普及九年义务教育之后，所有的青年人都必须接受学校教育，都具有一定的文化知识，“知识青年”这个词就可以取消了。事实上，在我们今天的词汇中，知识青年几乎消失了，而它的特指“知青”倒时时会出现，因为在“文革”期间从城市（很多是从学校）走向农村的一大批人，正年富力强的人到中年，他们不时地想起这个由特定历史指派的身份。为了纪念，为了反思，也为了怀旧，“知青”会时不时地聚一聚，有关“知青”的文字不时可见，近期以“知青”为主题的老照片画册也进入图书市场，据说销路还挺好。

知青饭店也就是在这个意义上出现的，它最初的创意可能是为了唤起老知青们的怀旧之情，提供一个聚会的地点。而现在，到知青饭店的人则已不全是“知青”了，甚至不是“知青”们的后代。知青饭店成为城市的一道风景，成为城市食谱中的一道口味，像傣族竹楼菠萝饭、南京的鸭血汤、新疆的羊肉串一样，是人们想品尝到的一种风味。怀旧的本义被亵渎了，怀旧被作为一种商品开发了。连韶山的毛家饭店也四处“连锁”，“知青”也更难免俗了。

很多知青饭店便是依照这种风味的模式去做的。它们大多按照那个年代的风格来装潢店面，军帽、草帽、搪瓷缸、桅灯、语录牌、毛主席像、毛主席像章、“红宝书”（一种特制的毛主席语录本）等一些具有时代特征和生活特征的用品一应俱全，而且都是旧货，颇有一点微型博物馆的味道。菜谱上很多标上了“知青”的字样，比如知青红烧肉、知青粉皮，但实际上很多是当地农家的家常菜。比如我吃过的一道知青韭菜汤，实际上是苏北农家最常见的应急之作。我的一个朋友程军插队在宝应，发现韭菜做汤味道很好，回宁以后也就变成了他们家的家常菜了。

虽然各地都叫知青饭店，但还是体现了不同的地域特色。

知青饭店

比如北京的知青饭店里，那种民间的非慈禧御用的窝窝头，粗糙得难以下咽，让人想起艰辛的岁月。而无锡知青饭店的包间的名称就别具一格了，它不像一般的饭店以“北京”“上海”这样的地名或“红星”“铁手”“修地球”等当时的流行词命名，而是用“盐城”“大丰”“射阳”“滨海”“东台”这些苏北地区的名称命名，足见其地域色彩。不难想象，当时无锡的知青就是插队到这些地区的，而老“知青”们一见到这些地名便会有一种亲切感涌上心头。

我印象最深的是昆明翠湖边的一家知青饭店，一进店堂便见一张锈迹斑斑的犁，犁铧渐秃，犁把暗黑而光滑。饭店的经理就是这犁的主人，插队十年，他就扶着这张犁耕耘了十年，十年的青春热情就浸入这张犁和犁下的土地里。返城时，他就从西双版纳带着这张伴他度过青春岁月的木犁回到了昆明。或许是这张犁启发了他，开饭店时，他又将这沾着西双版纳泥土的犁“陈列”在饭店的中央。每天，他和它相对无言，亲切而感伤。

写于1996年

在安居古城喝茶三次

不是所有的地方都可以喝茶，喝茶是有讲究的。

可乐之类的饮料是随处可喝的，路上、车上、家里、公司，不必拘泥，喝酒虽然随时可以喝，但还是要注意他人的感受，在小酒店里，可以大声喧哗，可以划拳斗酒，但在一些公共的场合，喝酒则要受到一些限制，比如在写字楼、在会议室就不大适合喝酒，在大街上喝，一般被称为酒鬼，北京人叫酒腻子。

喝茶是一种文化，安居古城适合喝茶。

古城很多，但喧闹的多，比如我曾经非常喜欢的丽江古城，如今喧闹得像北京的王府井、上海的城隍庙。不用说喝茶了，连站个脚也费劲，当年溪边喝茶的雅兴荡然无存，那次去丽江我窝在酒店里熬过两天，又飞回北京。安居还有几分清静，可以坐下来喝杯茶。

我在安居古城喝了三次茶。

第一次，在青居别苑。

青居别苑是个客栈的名字。安居古城有十多家的客栈，青居别苑是我们住宿的地方。第一感觉它和李白隐隐有着一种联系，青莲居士，青莲居士居住的地方简称青居。我们都是青莲居士的粉丝，青莲居士从蜀地出发，游历天下，留下很多不朽的诗篇。青居别苑给我们怀念青莲居士的空间，畅想青莲居士的优雅人生。

青居别苑有一间很别致的茶室，这个茶室面朝大江，江水宛然流入窗户，或者说窗户镶嵌着江水，在这里喝茶是和大江一起感受茶的韵味和茶的气息。在青居别苑喝的是普洱，普洱与古老的中国文化联系在一起，因为茶是古老中国文化的象征，甚至英文“China”，也有人认为是丝绸和茶的拼接，或者说是瓷器和茶的拼接。或许有学者对这一说法持怀疑的态度，但反过来这一说法证明了世界对中国的认识是从茶叶、丝绸、瓷器开始的，“茶马古道”“丝绸之路”记载的是中国文化在世界长河的辉煌足迹。安居古城便是这长河里的一个小小的记忆碎片，瓷器一样的碎片，是活着的记忆瓷片。老普洱的味道，该是老城的味道。

第二次，在湖广会馆。

很多地方有湖广会馆，湖广会馆是移民文化的一个符号。当初“湖广填四川”，便是大移民的历史。安居湖广会馆，建于明朝中叶，可谓历史悠久。有趣的是湖广会馆的边上，是一座妈祖庙。在我的记忆里，妈祖庙是与中国台湾、福建沿海文化联系在一起的，在重庆也有妈祖庙，有些意外。从妈祖庙出来，觉得祖国的文化是联系在一起的，妈祖文化都是与远行、出海（出江）的水上生涯联系在一起的，妈祖保佑人们水上的平安。

会馆现存建筑面积1387平方米。会馆依山而建，由低到高多重进深，书“万世永赖”。湖广会馆完整保存一座戏台，从戏楼下步入大院，背墙上已被风化的草龙隐约可见。古戏台前柱上雕刻精美，神仙人物栩栩如生。天井、院落造型独特，房间布局错落有致，石栏杆雕有狮子、麒麟、盘龙等多种瑞兽和吉祥图案。

这次喝茶就是在看戏的时候喝的，喝的是何镇邦先生自己带的武夷山岩茶，而且是手工制作的小罐茶。武夷山岩茶醇厚耐泡，我因滞留在妈祖庙寻思江海之间的妈祖文化的关联，到戏楼时，武夷山岩茶因罐小量小，众人已经品尝多遍，我在空气里闻到了福建沿海的味道，从安居到祖国台湾，都是妈祖女神护佑我们在水上远行。

湖广会馆是外来者的栖息地，他乡的家园。离开湖广会馆，回头看见楹联，写的是：

求衣苦求食苦苦中作乐拿壶酒来

为名忙为利忙忙里偷闲喝杯茶去

忙和苦是人生的常态，闲和乐也应该是人不能忽略的生活方式。湖广会馆的移民们在建造生活的同时，也在寻找生活的真谛。

第三次，在船上。

安居古城，原来就是一个水陆码头，船是过去年代里最常见的交通工具和运输工具，这里的繁华可想而知。也因为后来公路的发达、航空的发展，这里的繁华自然成了明日的黄花。因为被热闹遗忘，安居古城才“古”得下来，那些早通铁路、公路的老城，早就被毁坏殆尽了。安居因水运而盛，也因水运而衰，如今又因水而吸引人们的目光。

涪江和琼江两条江在安居交汇，两条江的亲切拥抱分不出彼此。我们喝茶的地方就是两江交界处的一条船上，其实是舫，这船是不能开走的。黄昏时节的江岸，有一种迷离的氤氲，稀淡的晚霞晒在江面上，“半江瑟瑟半江红”。岸边的青苔已经有些年头了，青石板已经被脚板磨得锃亮，刚下的小雨还湿湿的有些滑，石板缝里的青苔，绿木耳一样丰富肥硕，江边的码头，就这样来到我的眼前。

我们登船，喝茶。这一次喝的茶是当地的绿茶。重庆的绿茶带着当地的风格，葱绿之中有一股浓郁的青草湿润，喝着喝着，茶淡了，江水的淳厚还在。暮色浮动，我们所坐的舫船也仿佛浮动起来，江水带着远古的气息，让喝茶人不知“今夕何年”。我想起了佛教名僧虚云大师的一首诗：

寸香陪客坐，聊将水当茶。
莫嫌言语寡，应识事无涯。
岩树井藤命，驹光过隙嗟。
佛言放下着，岂独手中花。

水，亦茶也。放下的，不只是花。

2017年5月12日于润民居

北京的秋

这个秋天特别长，树叶迟迟不肯掉，对这个季节特别迷恋，有些树甚至还不肯黄，绿绿的依旧像夏日那么葱郁，河边的垂柳甚至有返青的迹象。11月15日，按惯例快供暖了，可室外的气温常到十七八摄氏度，于是，有人不禁要问北京的天气是不是反常了？奇怪，北京人现在常常感叹北京的四季不分明，感叹春秋特别短暂，“忒短了”，老北京时常这么说。可今年的秋天实在了点，稍长了些，秋天更像秋天了，人们反而有些不习惯了。

我是从秋天开始认识北京的。1983年的10月下旬，我从南京第一次来到北京，坐的是火车，那是趟夜车。10月的南方暑气还没消尽，我想象北京的秋天一定气候宜人。没想到随着火车向北京接近，寒气也一步步逼近，加上硬座车厢的空气又特别的浑浊，所以我一到北京就感冒了。秋天的风特别大，我清楚地记得有一天的黄昏，我出地铁时，莫大的冷风快把我吹透了，我仿佛掉在凉水里。刚出地铁口，便闻到一股奇异的焦香，那焦香像一只手搅到你胃里去似的，我抬头一看，原来是卖烤红薯的大妈，我花了一毛钱买了一个啃了起来，那暖、那香、那甜、那焦，渗透到每根毛孔里去了。北京深秋的这个黄昏，那寒冷中的暖意，让我对北京产生莫名的好感，以至于我再看到大街上卖烤红薯的，就想起北京，北京留给我的最初的记忆居然是烤红薯的味道。

1988年我借调到《文艺报》工作，这年秋天报社组织秋游，去慕田峪长城游览，我看到了北京真正的秋天，甚至看到了真正的北京。雄伟的燕山、庄严的烽火台在纯净的秋色中，把历史的雄浑和自然的伟岸演绎得天衣无缝，明亮得仿佛有些透明度的红叶在广阔的山野之间火焰般灿烂，空气仿佛像蔚蓝的海水那么干净，我在攀登的过程中，前见古人——有长城的雄姿告诉我们历史的沧桑和遥远，后见来者——《文艺报》那些年轻的同事意气风发，风华正茂。北京的秋天让人因爱怜而奋进。

北京的秋天有一种大方之美，北京的大气在建筑、街道和装饰风格都有鲜明的表现，在时令上也不例外。春天带着北方之北的风沙在华北平原上呼啸而过，夏天的雷雨倾盆而决不输于江南的黄梅，冬天的雪无边无际却不粘连，但好像秋天的北京最让人心旷神怡，最有大都的气象。我女儿第一次到北京时，说，这儿什么都比南京大一框。南京是六朝古都，和北京比起来可能要精细一些，可格局还是不如北京宏阔。

秋高气爽或许用来形容北京最为合适，因为能见度特别高，北京的秋天把北京的优点淋漓尽致地表露出来，大气、宽阔，具有一种雍容、成熟和华贵的美。如果上海这个城市欲露还羞的美感在春天最能体现的话，如果广州热情开放的美感在夏天最能体现的话，那北京的美感无疑属于秋色，红墙、枫叶、火红的柿子、沉稳的鸽哨，都在浓浓的秋意里如诗似画，如弦似乐。

中国文人历来喜欢在秋天发一些感慨，感秋、怀秋、伤秋的经典之作广为流传，往往与人生的失意落寞联系在一起，“秋尽江南草未凋”，杜牧、杜甫的名句常常和秋天有联系。可北京的秋天并不给人太多的惆怅，它消失时也干净利索，并不像南方的秋叶反复地飘落和回旋，一点儿也不拖泥带水。比如我在写这篇文章的过程中，这个被大家谈论多日的秋天却戛然而止了，突然而来的强冷空气毫不留情地将暖暖的深秋吹走，我们甚至没有听到秋叶簌簌落地的声响，只看到路上落满了没有枯黄泛着绿色和青色的树叶，在彻骨的寒风中偶尔旋出一个绿的涡流，宣告一个季节的结束。2005年这个青色的秋天就这样与北京道别了。

把风情撒向餐桌

上海菜，其实是一种风情，一种与夜色有关的风情。“夜上海”是很多城市上海菜馆最通常、最流行的店名，为什么叫“夜上海”，而不叫“夜北京”呢？虽然现在北京的夜晚、北京的夜色也是一道迷人的风景，长安街的华丽、三里屯的浪漫、什刹海的喧闹，与黄浦江的夜景有着不同的韵味，但没见过“夜北京”的牌号，而遍地都是“老北京”风味的餐馆。

“夜”和“老”把上海和北京两个城市的底色昭显无疑：“夜”是一种风情，“老”则是一种韵味。对就餐者而言，上海菜宜于用眼睛去“品尝”，而北京菜的妙处更多地在舌齿之间。

上海菜本不是菜系，它只是淮扬菜系的一个分支，但现在上海菜的声名不低于淮扬菜，很多人已经只识上海，不知淮扬了。这有点像杭州菜风行天下一样，靠的全是经济实力和经营。杭州菜也是淮扬菜的一支，可早就青出于蓝而胜于蓝了。有趣的是，前日我到长安大戏院二楼的“夜上海”去就餐，发现那里包间的名字居然用的是“杭州”“南京”“扬州”“苏州”“无锡”“宁波”“绍兴”这几个城市的名字，其囊括诸城之意不言而喻。像我这样从淮扬菜大本营来的人就有些不顺眼了：这不是本末倒置吗？

不顺眼也罢，不顺气也罢，上海菜还是提高了淮扬菜的品位。淮扬菜讲究原汁原味，讲究清淡新鲜，但仍过多保留了农耕时代的饮食美学，比如讲究量，比如讲究“肥水不流外人田”（原汁原味），很多菜往往比较油，初食鲜美，再食油腻。上海菜则扬弃了这些毛病，把西餐的一些风格引入了淮扬菜之中，比如量的缩小（当然也被人嘲讽小气），比如用做沙拉的方式做凉菜，更重要的是饮食环境的改变——上海菜馆通常呈现的是欧陆风情。这是京菜、粤菜、川菜所不能企及的，设想一下如果在装潢极为欧化的环境吃烤鸭、涮羊肉、煮重庆火锅，会是怎样的一种荒诞，而上海菜，它在洋气十足的环境能吃，在土财主气十足的老屋也能吃。当然，今日的上海菜已成为西化小资的某种符号。

一个菜进入另一个城市总会发生某种变异，上海菜大举进入北京并成为某种时尚，是二十世纪九十年代以后的事。因为我来自淮扬菜的根据地，朋友请客，常常被拉到“夜上海”一类的饭店去。我一方面感谢朋友的好意，另一方面则颇不乐意，因为这些上海菜已经串味了，或者说比较北京化或者北方化了。

我印象当中，城南深圳大厦的上海菜做得比较地道，或许那里来往的以南方人为主，所以才没有过分北方化。东四十条的沪江香满楼是上海杏花楼集团的分店，经营者比较用心，服务员取本地人，厨师一律来自上海本部，管理层也是清一色的上海人。我常去那儿就餐，最爱吃的不是他们的大餐，而是小吃，尤其是生煎包子。因为小吃当中有不少面食，而北方的面食比南方筋道，所以这上海风味的小吃加上北方化的面艺，便是强强联合、优优相长了。在我看来，沪江香满楼的小吃，可能比上海本地的还要另有一番风味。

上海菜在北京本土化的过程中，居然也培养了一些人独特的“上海口味”。我们一位北京朋友以爱吃上海菜著称，我引以为知己，可有一次他约我到“××坊”去品尝“地道”的上海菜，应该说，“××坊”的环境是够上海风情的，可一上菜，我惊讶了，因为那是北京化的上海菜，制作工艺、餐具、厨师都是带着“卷舌音”的，而他居然奉为正宗，还爱吃了那么多年！

或许，有时味道并不是那么重要，食的只是那么一种概念，那么一种风情。

上海菜不需要克隆。

红色聚餐？我吃“开国第一宴”

吃饭也能接受传统教育？

前不久，老朋友子龙先生告诉我，在北京东城有一家淮扬菜馆，味道还算正宗，且有“开国第一宴”。淮扬菜北京做得好的不多，但这“开国第一宴”还是吸引了我的好奇心，心想，这国宴吃的啥？我们几个老乡去了。以下是菜单，照录如下：

开国第一宴

中华人民共和国1949年10月1日在首都北京天安门广场隆重举行了开国大典，中国历史翻开了崭新的一页。当晚，中央人民政府在北京饭店举行新中国第一次盛大国宴。宴会以淮扬风味菜肴招待客人，中外宾客对菜点给予高度评价。开国第一宴菜品质朴、清鲜、醇和，同时也为国宴的精陈、简约定下了基调。

开国第一宴菜单

每席供8—10人享用，菜金668元/席（酒水除外）。

美味四小碟：扬州小乳瓜、琥珀桃仁、白糖生姜、蜜腌金橘

风味八冷碟：炝黄瓜丝、香麻蜇头、虾子冬笋、芥末鸭掌、酥烤鲫鱼、罗汉酱肚、镇江肴肉、桂花盐水鸭

汤：口蘑镬闷鸡

热菜：翡翠虾仁、鲍鱼浓汁、四宝东坡方肉、全家福、大煮干丝、蟹粉狮子头

甜点：炸年糕、黄桥烧饼、艾窝窝、淮扬汤包、菠萝八宝饭、水果拼盘

这“国宴”吃过以后，我感觉确实是老式的淮扬菜，我们小时候逢年过节或许能吃到其中的几样，但现在的淮扬菜不这么做了，至少有好几样没有了。

但，有两样菜，我心存怀疑，就是凉菜芥末鸭掌和甜品菠萝八宝饭。我第一次吃到芥末鸭掌是1993年3月在海口，当时第一次吃日本料理，汪曾祺先生告诉我：这牙膏似的叫芥末，可以治感冒，不过很呛鼻子。如果是淮扬菜，美食家汪曾祺一定

告诉我这个扬州老乡。他说，他也还是新中国成立前吃过，因为新中国成立后日本料理就绝迹了。怎么把它也放进去？

奇怪！

还有菠萝八宝饭，好像是傣家的看家菜。怎么成了淮扬菜？连现在不断更新的淮扬菜也没有菠萝八宝饭，当时怎会有呢？

我怀疑菜单有假。可老板说，是从中央档案馆里查出来的。谅他也不敢造假。不过，这菜单会存档吗？知情者请告知。

《茶馆》和消失的楼外楼

又看了一次《茶馆》，这一次是焦版的，焦菊隐导演版的，北京人艺为纪念焦菊隐一百周年诞辰排的。

名著就是名著，每看一次《茶馆》，都能看出新意来，这是后话留着下次说。看完《茶馆》第二天去楼外楼吃饭，没想到服务员告诉我，楼外楼就要撤回杭州总部了。其实是歇业，可说是撤回，意思是一样，关门了，不开了。我问楼外楼的经理，为什么要撤回杭州？女经理笑着说，我们听总部的。其实，就是不做亏本买卖。

话剧里，王利发的老裕泰茶馆最终消失了，而我现在看到的是楼外楼在北京的消失。

杭州菜这些年异常的火爆，火爆的原因在于它是新杭州菜，用王利发的话说是“改良”过的杭州菜。新杭州菜颇有浙商的风度，气势磅礴，兼容并蓄，不拘一格，唯优是举，大胆地拿来其他菜系的叫得响的菜肴，粤菜、湘菜，甚至东北菜，只要客人喜欢，统统囊括，连西餐也不排斥。剁椒鱼头是著名的辣菜，在传统的淮扬菜中是不可能有的，可新杭州菜中是颇受欢迎的一道。当然，一般不叫剁椒鱼头，而称作千岛湖鱼头。新杭州菜的另一大特点，是规模经济的方式，把饭店的格局做得狂大，装潢按五星的标准，富丽堂皇，服务也按五星酒店的规格，和传统的酒店的模式截然不同。这一招让新杭州菜攻城略地、连战告捷，全国各大城市一夜之间布满了高大富丽的杭州酒店，连淮扬菜的发源地南京也被杭州菜大规模地占领。北京的张生记、孔乙己还有娃哈哈、姜生记之类的酒楼都开有连锁店，生意都挺火的。位于朝内北小街的楼外楼，在北京并不像其他的杭州酒楼酒店那般火爆，虽然是杭州的品牌饭店，虽然是典型的老字号，可在北京只有一家，并没有连锁，好像有七八年的店史。因为人民文学出版社和人民出版社的缘故，弄得这个店在文学圈和出版圈有点小名气。很多的作家、艺术家，王蒙、铁凝、陈忠实这些中国文坛的大腕，都在此用过餐。我在此接待过的作家就有一百人以上，称它为文化酒店是不过分的，在这里用餐常常会碰到文化圈的人，著名文化学者、美食家徐城北还是他们的顾问呢。

楼外楼的菜有多高档算不上，楼外楼的菜有多好算不上，我们常去楼外楼的原因，无非有三：离单位近，味道对口，有点文化含量。在我们单位周围有无数饭店，可淮扬口味的就两家，沪江香满楼偏贵且忙，而楼外楼总是能有桌位，当然最关键的还是价格适中，和那些流行的上海菜、杭州菜相比，楼外楼由于不讲排场，不奢华，所以价格偏低。到北京这些年来，我在楼外楼用餐是最频繁的，有朋友开玩笑说，楼外楼都成了你们的食堂了。楼外楼的经理换了一任又一任，服务员换了一茬又一茬，不变的是我们这些食客，不变的是楼外楼的菜谱，西湖醋鱼、杭椒牛柳、响铃臭干、笋干老鸭煲，不变的是三年五年八年的黄酒。而这些不变，对我等有味觉记忆的江浙人士来说，是可以让胃返一返乡，甚至能嗅到童年时空里飘荡的美好的气息。

也许是这不变，让楼外楼陷入了困境。记得2002年的时候，一位冯姓的经理不屑一顾地嘲弄那些新杭州菜，说，他们瞎搞，糟蹋杭州菜。

如今瞎搞却活下来，正宗的却立不住脚。糟蹋杭州菜却提高了杭州菜的知名度，为杭州菜拉住了食客。

是的，新杭州菜确实不那么小家碧玉了，不那么精细了，不那么酸甜了，东西南北中，酸甜苦辣臭，烤烧煎炸涮，连西餐的手段都用上了。门派、菜系、承传，都是第二位的，顾客的需求是第一位的。而楼外楼不行，我知道他们也尝试过变化，但非常有限。因为老字号的优点是人人知道，是不能轻易改动的。饮食是文化，饮食是积淀，楼外楼必须是杭州菜的活化石，他们可以从北京撤退，但不能乱了本性。

这好像是一件可笑的事情，但事实就是如此，楼外楼总部或许不必拘泥于祖宗的陈规，但如果叫楼外楼这个店名就不能是新杭州菜。在这么一个全球化的时空里，很多的老字号在消失，饮食的同化也是一件可怕的事情。

好在注重文化多样性的今天，老裕泰茶馆的悲剧没再发生了。楼外楼到北京落不下根，是因为楼外楼的根在西湖，在杭州。秀丽的西湖边上，楼外楼的生意还是那么红火，我看见很多人像我二十多年前一样，在拿着号，排队，在等待西湖醋鱼、宋嫂鱼羹这些被写进教科书和历史传说的精神食品。

在楼外楼吃的不是菜，吃的是文化，是记忆的符号。

再见，楼外楼！

小二、点五、涮羊肉

你在北京孤独吗？有了小二、点五、涮羊肉，就不孤独了。有了小二、点五、涮羊肉，你就能随时找到朋友，找到同类甚至知己。

小二，就是小瓶二锅头酒的简称。点五就是烟气烟碱量0.5毫克的中南海牌香烟。而涮羊肉，就不用解释了。喝二锅头、抽中南海、吃涮羊肉，是北京普通百姓最平常最流行的饮食方式。

二锅头是北京的老品牌，它的酒精含量高达65度。1983年我第一次到北京，带回了两瓶65度的二锅头，作为“名酒”请几个善饮的朋友到家来喝，可喝惯了洋河大曲的我们感到嗓子火辣辣的，居然连一瓶也没喝见底。朋友们说，二锅头，凶。

近十余年来，人们的生活慢慢精细起来，粗犷豪放的二锅头也变得温柔起来，有了46度且容量只有二两五的二锅头包装。

度数降低是所有国产白酒的走向，而这二两五的包装可谓是二锅头的独创，北京百姓亲切地称之为小二。小二的出现，显然是受到西洋酒包装的影响，洋酒的瓶子千奇百怪，容量也“多元化”，不像中国人一律装以一斤的容器。小二的设计，有点像洋酒的瓶子，又有点像中国传统的鼻烟壶，很亲切，随时可以揣进怀中。没有做过确切的调查，在我的印象中，小二的销量应该比一斤装的要大，因为我在北京的饭馆里、酒桌上，很少看到一斤装的二锅头，酒量大的也是要几瓶小二，而不会放一瓶酒在面前——当然小二是有品牌的，红星，名头很响。

据说二锅头并不是北京原产，而是山西流传过来的，至今北京人喝的大量二锅头，有不少仍来自山西，只不过是北京的包装而已。1998年秋天，我到山西开会，喝过那里的二锅头，很浓、很香，味道很像北京的小二。

小二、点五、涮羊肉能够红遍京城，原因在于价廉，物美不美不好说，但耐用。你可以偶尔喝一顿五粮液，抽几包中华，吃一顿鲍翅，它们的滋味肯定比小二、点五、涮羊肉要好，可它们与你的日常生活无关。而小二之类融入了日常生活，不用盘算，不用费心思，甚至购买起来随处可见，也不大担心假冒伪劣。我喝过假的小二，味道也不是很差，因为小二本来就不是什么高不可攀的味道。

平民烤鸭

我是不大爱吃烤鸭的，源于记忆，也源于现实。

登长城，吃烤鸭，看纪念堂，是当年外地人到北京的三门必修课。这三样虽然说起来有些简单抑或调侃，但倒是将北京的文化特征概括得差不多了。长城代表的是北京深厚的历史文化，毛主席纪念堂代表的是北京的政治文化，是红色经典的符号，当然也是皇家帝都之气象在新中国的变革。

这烤鸭则是京城饮食文化的代表之作。

说实在的，烤鸭的名声太响亮了，大多数人常常会慕名而来，虽不扫兴而归，大多数时候还是失望而归。我第一次吃烤鸭是在二十世纪的1985年的4月，那天在王府井一家闻名遐迩的烤鸭店排了近两个小时的队，排到我时，桌子还没收拾干净，服务员不耐烦的京腔，那些排队的人用嫉妒而又羡慕的眼光看着我在吃烤鸭，我仿佛多吃一分钟都是罪过。鸭子显然是电烤的，而且不是现烤的。荷叶饼是凉的，酱也不甜。由于凉，鸭油腻，软塌塌的。

之后又来过北京，十年前又迁徙到北京落户，这期间没少吃烤鸭。在一些价格高昂的店吃过，也在一些普通的店用过，但多没有传说中的那么动人可口，我甚至觉得烤鸭作为宫廷的饮食文化是否已经变味。

虽然我吃不上传说中的烤鸭，但随着时间的推移，我慢慢意识到烤鸭作为北京饮食文化尤其是皇城饮食文化的代表，依然是合理的。为什么？用北京话说：讲究。很多美食都很讲究，但美食不一定都是讲究的结晶，比如清水出芙蓉的美食是非常自然的，比如海鲜的生吃，只要原料好了，其他的就没那么多讲究。但皇家美食一定是讲究的结晶，而精美的烤鸭是配得上“讲究的结晶”的称呼的。烤鸭好吃，在于每一个环节都不能有瑕疵，否则这烤鸭的味道就相差甚远了。

烤鸭的选料要好，太肥腻、太瘦，又烤不出嫩香来。烤鸭的火工非常难把握，虽然电烤鸭的电脑操作比较精细，但电烤的鸭子就是不香，就是少了人间的味道。在电子化日益发达的网络时代，很多的事物被机器和机械替代，但美食还是人工的好，没法让电脑取代。不要说人工烤比电脑烤讲究，烤的火也有很多说法。烤鸭必用果木烤，用什么样的果木也因时因地因口味而异。枣树的和苹果树的不一样，梨树的和桃树的又不一样。但果木是必需的。

掌握烤鸭的火候在于经验，简单的分秒计算常常会犯教条主义的错误。因为气候、鸭子的品质、果木的力道都在变化之中，如果简单搬用几分几秒的定规常常会烤焦或烤生，而烤鸭是不能回炉的。之后的配料，用什么样的甜面酱，什么样的荷叶饼，什么样的小葱，什么样的瓜条，也是马虎不得的。

但北京烤鸭片鸭子的“片”功，尤其值得一书。一般的美食，讲究形式美，但似乎并不影响菜的本味。很多的工艺菜只是为了形式美而形式美，并不能增加菜的味道。同为鸭中美食的南京盐水鸭，在原料、火工、调料诸多方面有无数的讲究。但在形式上，似乎并不重要，可以切大块，也可以手撕，鸭块的形状不影响味道。北京烤鸭如果片得不够薄，那味道就大相异趣。北京烤鸭的精华在鸭皮，片薄了，烤鸭之烤，就无从落实了。

北京喜欢说“皮实”，从这个角度看，北京烤鸭太不皮实了。南京盐水鸭怎么切都不能改变其味道，而北京烤鸭是最不皮实的，在哪个环节上都很讲究。因而从这个意义上讲，北京烤鸭有点贵族化。我对北京烤鸭常常心向往之，因为太娇嫩了，名店不是不知其讲究，而是难以讲究，小店又无力讲究，而美食是不能将就的。由此，我私下里认为，烤鸭过于贵族化，让它成为平民的盛宴期望过高。

2007年夏天，云南红河的几位中学教师来京，要吃烤鸭。我说，烤鸭是概念。他们说，不吃烤鸭，回去，人家以为我们没到北京。我也由此明白北京的烤鸭贵且味道一般，而人们依旧蜂拥的原因了。他们吃烤鸭也就是“吃过了”而已，至于味道如何只有天知道。于是我就在我家附近的一家名叫“大鸭梨”的店订了一只烤鸭。因为大鸭梨的炸酱面我吃过，非常地道，我一周差不多要去吃一次。没想到，这不贵的烤鸭让云南的朋友风卷残云，吃了一只，又加了一只。连一向对烤鸭有成见的我，也加入了赞美的行列。肉嫩、皮脆、果香、饼薄，我似乎见到了传说中的烤鸭，我不再轻易贬斥烤鸭价高质次了。之后，再有外地朋友来京吃烤鸭，我就让他们吃平民烤鸭——价廉味正。

我甚至想，社会主义或共产主义的理想，就是让平民吃得讲究起来，吃到过去达官贵人才能吃到的美食。美食的共享，是所有权利共享的前提。

谁送的酒

昨晚在家门口的鼎泰丰吃饭，欢声笑语到半途时，服务员突然送来三瓶酒，一大瓶两小瓶，是小女生爱喝的那种气泡酒。当时，很奇怪，我们没有点这种酒啊，服务员说，是隔壁客人送的。

我们忽然意识到我们这边的声音是不是过于喧哗，是不是打扰了人家的安静，送酒是礼貌地提醒，让我们别太喧嚣了。可等我们静下来之后，发现隔壁的声浪噪声指数远远强过我们这边，我们虽然嘈杂，但毕竟是文艺出版界的人士，还是小桥流水派，而隔壁的喧嚣属于大江东去派，如果不是京郊的大叔，就是行伍出身的企业家，全无文人的顾忌和清脆。从声浪的分贝来分析，如果嫌我们吵，他们不会用如此婉约的方式来限制我们的喧闹。

后来大家分析说，是饭店的邱经理送的。来鼎泰丰用餐多次，邱经理第一次主动过来敬酒，邱经理高高挑挑，是个美女，说话举止特别周到。因为我们请她喝过两杯，是不是送酒过来表示诚意？酒的风格也很像邱经理的风格，绵软、轻盈。可邱经理再次过来时，我们感谢她送的酒，她说不是她送的，是隔壁送的。

于是有人怀疑是不是隔壁的看上我们桌上的小李，小李说在楼梯碰到隔壁的人，那人以为是一桌的，和她搭讪了几句，后来很遗憾地发现不是一桌，我们认为这酒是冲着小李来的，于是大家委派我和小李去隔壁敬酒，感谢人家的一片好意。待我和小李端着酒杯过去时，对方很不客气地说，不是送给你们的，服务生送错了。

场面有些尴尬。接着发现，原来那一大瓶两小瓶气泡酒也不知道什么时候悄然离去了。气氛突然变得有些凝固。被称为欢乐宝的北大高才生杨工兵讲了一个故事，让大家猜猜是谁送的酒。他说他的一个朋友是一个网恋狂人，特别喜欢在网上和女生恋爱，有一次一个女网友从遥远的西南山区来北京约会，两人恩恩爱爱一个星期，如胶似漆，后来女网友悄然离去，他觉得有点对不住她，她从山区先坐汽车，再坐火车，再转飞机，一路风尘仆仆，他连烤鸭也没请她吃一顿，临走也没送个稻香村什么的北京土特产。这么悄无声息地走了，肯定有些情绪。

过了几天，他收到了一箱从西南某地快递来的白酒，为避免广告嫌疑，略去白酒的名称，箱子上写着几个字：你爱喝的酒。他就纳闷了，他是不喝白酒的，这个牌子他除了在电视上看过广告以外，从来没接触过，更谈不上爱喝。他仔细看地址和电话号码，应该是那个女网友发过来的，但是他从来没有说过爱喝这种酒，他们俩在一起时，除了恩爱就是吃外卖，没有喝过酒。

他心存感激，更加疯狂地网恋，但线下约会再没有成功过，他越发怀念那个送酒的女网友，有一次忍不住发微信过去怀念他们在一起的日子，最后特别感谢她送来的他最爱喝的酒，说每喝一次都情意浓浓，如痴如醉。没想到女网友说，我从来不送任何男人礼物，都是男人送我礼物。对不起，你搞错了。

谁送的酒？

2021年4月22日

青岛太平角的咖啡屋

来到太平角，不喝一杯咖啡，好像没到青岛一样。

啤酒是青岛的特产，到青岛必须喝啤酒，但啤酒可以带回去喝，青岛啤酒在哪里喝味道依然不变。太平角的咖啡是没有办法带回去喝的，喝咖啡是需要风景的，或者说是需要环境衬托的。在太平角喝咖啡，你能感受到的必须“在场”，张开你的视觉、嗅觉、味觉、听觉甚至触觉，你才能感受到它独特的魅力和无二的韵味。

近日看到上海作家赵荔红在微信上晒一组“堂食”咖啡的照片，并写道：“上周要去坐坐咖啡馆，核酸保质期到了，新采样结果未出，我在淮海路走来走去等结果，等到夜里九点多还没出来，只能坐在花坛喝了杯咖啡回家了。”

赵荔红的感慨我是有同感的。记得2009年我随江苏作家团去奥地利交流，周梅森在维也纳街头看到很多人在喝咖啡，主动说："我请客，一人一杯。"周梅森是煤炭矿工出身，平常是瞧不起喝咖啡的小资人士的，他崇尚的是大碗喝酒，但到了维也纳也被街头喝咖啡的场景所动，主动邀请我们喝咖啡。这是环境的感染力。

赵荔红为一杯咖啡在淮海路一直等到夜里九点多，最后还是没能进咖啡馆喝上一杯，而是在咖啡馆的花坛喝了一杯，才安心回家休息。如果按照正常的逻辑，这咖啡是可以在家里喝的，而且现在速溶咖啡和咖啡机都进入寻常百姓家，为什么一定要到咖啡馆喝呢？这就是喝咖啡的"场效应"。在家喝咖啡和在咖啡馆喝咖啡，味道是不一样的，因为你的心情不一样。

咖啡馆是一个容易让人独立思考、独立写作的场所，很多作家都有咖啡馆写作的习惯。2021年我的邻居装修，我就到我们家附近的库布里克书店的咖啡馆去写作，后来发现居然比在家里写作的效率要高，甚至作品的成色也不一样。2022年7月上旬，我在太平角小住几天，在好友生的陪同下，造访了这咖啡馆群里的几家咖啡馆，越发觉得，青岛这道独特的风景线值得留念，值得书写。

太平角和著名的八大关毗邻，这里红瓦绿树，青山碧海，被人誉为"天下第一美景"。环境自然优美，而与之匹配的，则是这里的风格各异的建筑，八大关被称为"万国建筑博物馆"，聚集了英、法、俄、德、美、荷兰、比利时、丹麦等二十多个国家的不同建筑，自然景观和人文建筑交相辉映。如果把八大关称为青岛的眼睛，那太平角则是眼睛里的瞳仁，尤其是错落在万国建筑之间的那些咖啡馆，更是风情万种，美不胜收。

“遇见凡·高”是一家荷兰风格的咖啡馆，这里飘荡着荷兰文化的气息，院子里转动的大风车、墙上热烈的向日葵图案，让人仿佛步入了凡·高的故乡。来来往往的悠闲地喝咖啡的男男女女，青春而宽松，淡定而浓郁。最让人注目的是二楼一间面对大海的屋子里，一帮学生正在画板上画向日葵，他们依然成了风景的一部分。

湛山路5号洋房是一家法式风格的咖啡屋，这里的摆设全是原汁原味的法国老家具、老餐具，那些古老而时尚的烛台，燃起的是旧时浪漫岁月之光。咖啡店的店主是法国人戴伟和他的青岛妻子，两人忙碌着，戴伟用流利的汉语和我们交流。我们还就北京话里的“嗝儿”是否是外来词进行了探讨，我的一位研究清史的朋友说这是德语，戴伟当即找来厨房里的德国厨师，问德语是否有类似的单词，答案是没有。英语、法语也没有类似的词汇的发音，我们怀疑是土语或特定用语，但一致认为“嗝儿屁凉了”肯定是北京胡同大爷的发明。

地处偏僻的伊美萝薇是一家台湾风味的咖啡馆，虽然位置不醒目，但由于其独特的风格和情调，还是成为网红打卡地。晚间在露台上闲坐，习习海风让你忘记了炎夏的存在，远远的涛声让人回忆起童年的时光。太平角18号的“二大爷”（英文Double Uncle之谐译）也是具有鲜明风格的好去处，这里的咖啡别有韵味。莫奈花园海景咖啡，虽然只有几个座位，但风景却不可复制。比利时领事馆的西餐、啤酒、咖啡三者俱佳。

太平角的咖啡馆还有一个特点，就是这里提供了大量的图书供顾客阅读，一边喝咖啡，一边读书，当地人称之为“啡阅青岛”。喝咖啡是给心情放个假，而阅读本身才是精神的飞跃。咖啡屋里的人们，聊完天，发完呆，再捧上一本汪曾祺的“人间送温暖”的小书，或者海明威的《老人与海》，那一刻，大海是温暖的，阅读是温暖的，也和咖啡一样迷人。

咖啡馆无疑是一个社交场所，喝咖啡的人独立又有群体性。独立，是喝咖啡者不需要一群人集体行动，一个人喝闷酒是忧郁的表征，而一个人喝咖啡则一点也不“可耻”（有一首歌叫《孤独的人是可耻的》），甚至有点酷。但喝咖啡又是需要群体效应的，虽然在咖啡馆里相互并不认识，但那些被咖啡色和咖啡味道氤氲的面孔，你会感到亲切。卞之琳那首著名的《断章》这样写道：

你站在桥上看风景
看风景的人在楼上看你

明月装饰了你的窗子
你装饰了别人的梦

我觉得这是形容咖啡馆心理的最好的表达，你在看别人喝咖啡，别人也在看你喝咖啡，你是别人的风景，别人也是你的风景。而太平角美丽的建筑、湛蓝的海水、深红的瓦色、碧绿的青树，还有那些岁月遗留下来的陈设和家装，装饰了喝咖啡人的梦窗，也装饰了海上升起的明月。

这是带不走的风景。

2022年7月14日于润民居

第三辑 人生百态看吃相

题记：说一个人吃相不好，往往不只是形容他的食态，更是说明其在道德品格、精神气质、文化修养诸多方面的问题。世间百态，吃相万千，食态最见人性、人品、人格。

人生的三种颜色

三个朋友在开往远处的车上聊起了自己的个性和人生态度，说着说着就不由自主地与三种液体联系上，这三种液体分别是酒、咖啡和茶。

酒是一位性情中人，做事为人大刀阔斧，有领袖风采。爱喝酒的人大都有朋友缘，餐桌上相识的不相识的，熟悉的不熟悉的，有利益关系的没利益关系的，三杯五杯下肚，往往称兄道弟，往往热情迸发，往往豪兴激增，霎时间四海之内皆朋友。一个人，做生意白手起家，因为酒，交际广泛，工作效率提高，很快成为该市企业的“多少强”；因为酒，他写诗，一个晚上能洋洋洒洒几百行。当然，这位老兄喝多了，也会对手下动点粗，第二天，惶然无知。一个身上充满酒精气息的人，你会感到他的活力，这活力必须与事业理想紧密相关，否则就与暴力和虚无分不开。在车上，他自我解嘲说，喝多了，就倒下了，就什么也做不了。酒精是人类奇怪的伙伴，人们欢庆时喝酒，痛苦时也爱喝酒。很多的国家都下戒酒令，但从来没有人真正戒成过。据说俄罗斯是酒鬼最多的国家，但就是这个带着酒气的民族在“二战”时彻底打败了不可一世的德国法西斯。

爱喝咖啡的人，往往需要背景，需要装潢有特色的环境，需要那么一点温柔的音乐，当然还需要人群，需要穿行其间的侍者。咖啡馆是交际的场所，也是休闲的空间。咖啡馆里很少有隐秘的包间，在咖啡馆里大多是做一些透明的事，比如男女第一次约会往往是在咖啡馆，在咖啡馆不大聚餐，男女聚餐往往是暧昧的开始或暧昧的终结。喝咖啡有时也做些交易，但往往是水到渠成的形式，若是公关，一般要放到酒楼去。喜欢约人喝咖啡的人，往往是看上去慢性子，其实是急性子的人。慢是因为咖啡只有一杯，不像喝酒那么一杯接着一杯干，也不像茶水那样可以不断地续，喝咖啡者虽有续杯的，但较少见，而且咖啡的内在力量也远在茶水之上，甚至超过酒。时常见到喝一大瓶白酒的人，但很少见到能喝一斤咖啡的，一斤不可怕，但饮那么多的咖啡恐怕心脏要爆炸了。喝酒者更多的是在自我表演，而喝咖啡者难免抱有看客心态。因而好泡咖啡馆的，往往是对人生有些看透或偷懒的人，法国不少作家喜欢在咖啡馆写作，看上去有些不可思议，因为一般人看来写作是要安静的环境的，但明白写作者的那种看客心态，就觉得挺正常的了。

茶在饮料中恐怕算是最有文化含量的，现在遍布城市大街小巷的茶馆、茶楼都是打“茶文化”的牌。茶是文化的载体，但现在的茶楼和茶馆与茶文化的关系并不特别密切，反而与“牌文化”和“赌文化”联系紧密，现在很多地方的茶楼差不多是“牌楼”的代称，大家聚在那里“斗地主”。茶道有很多的讲究，比如讲究个“圆”字，即茶道的表演者出手收手都得画出一个“圆”，像打太极似的，这倒深合中国的处世哲学。现在选择喝茶很少为了观赏茶道，多半是一种社交的方式。温水泡茶慢慢浓，说的是喝茶的经验，也是人生的一种境界。约人喝茶者往往是把自信隐含得很深，不轻易出手也不敢轻易出手，但出手则有必胜的把握。茶越喝越淡，如果三开不见成效，双方则陷入尴尬的境地；换茶重沏一道茶，则表明双方喝出了味道，有戏。不过，喝茶还是“酒余”或“饭余”，用于解酒或消食，当然也是用来进一步强化友谊和信任的方式，是进一步确认和稳固。茶培养人的耐心和忍性，也销蚀人的创造力。茶表面上看温和并不刺激，但茶喝多了喝迟了往往会失眠，而失眠会让你觉得无由头。第二天早晨，才恍然想起：嘿，昨晚喝茶喝多了，失眠了。

酒辣、茶涩、咖啡苦，三种味道都是人生中必然会品尝的滋味。喝酒需要群体，茶对饮更合适，而咖啡往往伴随着孤独，也是人生经常出现的境地。我个人认为，这三种饮料时常混杂于一个人的身上。碰到不同的人往往喝的不一样，与老友和好友相聚当然得喝酒，与女性喝咖啡则显绅士风度，与闲人喝茶最合适。不同心情喝的也不一样，喜庆自然需要酒，闲适喝点茶，苦闷来杯咖啡或许会缓解一些。不同年龄喝的也不一样，青年好酒，中年宜咖啡，晚年品茶。不同的空间也喝的不一样，你不能在小酒馆里喝咖啡，也不能在茶楼里喝酒大声喧哗，当然喝茶是个例外，路上车上都能喝，屋里屋外都能喝，但品茶就有很多讲究了。

题目叫《人生的三种颜色》。酒，色最淡，但最烈；咖啡，色最浓，味道最苦；茶，色不浓不淡，是最普通的人生色彩。美酒加咖啡，不是人生，是艺术，是娱乐，娱乐至死也是一种不负责任的活法。

吃什么

吃什么是物质贫困时期困扰人们的大问题，战乱、灾荒、动乱中的人们为吃什么而犯愁。榆树叶、槐花、树根、野菜甚至观音土是那个时候经常用来填肚子的替代品。可现在生活好起来了，我们也常常为吃什么犯愁。经常一家人不知道下一顿吃什么好，不是没有吃的，而是吃什么都不香。人啊，就是贱，少一顿，犯浑，多一顿，没胃口。

所以，聚会。

中国人聚会，基本是聚餐，聚会是为聚餐找理由，为吃找由头。开会是必须吃饭的，如果不吃饭，这会是没法开的，或者说这主办者是拎不清的，北京话说，是有点二。备了饭，没人吃，不要紧，但不备饭，这会等于白开。

老百姓有吃节。节日是一个民族的风俗，但很多的节日是和吃联系在一起的，至少中国的节日是少不了吃。春节吃年夜饭、元宵节吃汤圆、端午节吃粽子、中秋节吃月饼，一个节一个吃法，一个节吃一个品种。唯一的寒食节是不动火的，但好像没传下来，中国很多人现在已经不知道寒食节了。在寒食节发端的时节，就没有被认真地执行，“日暮汉宫传蜡烛，轻烟散入五侯家”。既然不能完全推广，寒食节自然就废了。没有吃喝的节日，是没有生命力的。

光吃节日是不够的，因此又添了红白喜事、生日、满月、过周、祝寿，这些年又添了年会、谢师宴、光棍节、店庆、社庆、厂庆等等五花八门找吃的名目。当然现在的这些事有些变味。最早的红白喜事，往往是邻里街坊、亲朋好友为某家的一个仪式大家凑份子吃一顿，而现在有些变成另一种“拉赞助”，贪官常常借请客敛财，以至于某地有限制官员请客不能超过几桌的硬性规定。明星、财主则借机来显摆奢华，网上直播，民间艳羡。本人今年曾为婚宴联系过诸多饭店，起步常常是三十桌。这是吃什么啊？二三百人是公司开年会啊。如此可见社会风气之浮华。

贺晋也是吃饭最大的理由。晋升了，自然要庆祝。向来有贺晋不贺退的说法，因为进步、成功、晋升是喜事，退位、离岗、“二线”则有点不那么风光，一般是不会再去做投资性的宴请的。近来我听说老作家王蒙为一位从领导岗位上退下来的朋友办了一席酒，明确表示贺退。贺晋，人之常情；贺退，能见境界。

吃会所，是京城近年来的风气。会所也成为高档消费的代名词，京城处处，会所可见，或隐或现，或远或近，或雅或俗。但会所常常吃的不是菜，不是味道，不是情分，是人脉，吃人。

和谁吃

吃饭不是问题，和谁吃是个问题。

一约吃饭，就问：都有谁啊？生人太多是不愿去的，生人多了，你一个人就是局外人，也是多余人。每个人都不愿意自己是多余的，都觉得自己是必需的，平常在单位边缘化，到个饭局也叨陪末座，很不爽的。

如果有脾气不投的也不愿意去的，话不投机半句多。中国人吃饭，必须叽叽喳喳的，如果吃得冷冷清清，是组织者的失败。吃饭前，档次、环境重要，但开吃后，气氛比档次更重要。有两人专门抬杠，或者主人老是吃啊吃啊地劝，这饭局多半是失败的，中国有句谚语叫一人向隅，满座不欢，那向隅者，是饭局的大敌。

中国人的表达欲在正式场合大多比较含蓄，但在饭局上异常活跃。尤其是三杯下肚，合适的人在一起，那妙语接着妙语，调侃接着调侃，豪气接着豪气，爆豆似的热烈。平常少言寡语的，在这个时候，也忍不住竞相发言。

改革开放初期，曾经竭力倡导分餐制，分餐制的好处自然很多，但是分餐制在中国不大行得通。中国人的大家庭，几代同堂，是福气，也是文化。所谓钟鸣鼎食之家，也是说大家庭的繁荣气氛，但肯定不是分餐制。开会天天吃自助餐，不吃桌餐，大家情绪就比较压抑。患有忧郁症的人，大多是厌食的，尤其厌烦和大家一起进餐，如果整天和人吃喝，这人的忧郁症是可以缓解的。

西方人习惯一个人吃，中国人很不习惯一个人吃。分餐制是西餐的吃法，西餐适宜分餐，比如西餐中很少有动物内脏，西方人爱吃的是块状的肉。中餐分餐就有问题，谁吃鱼头，谁吃鱼尾，谁吃鸡翅，谁吃鸡爪，是个问题。中餐任由大家选择，各取所需，爱吃鱼头者夹鱼头，爱吃鸡爪者夹鸡爪，同好者看谁下手快，中国人的吃饭倒是充分地体现了民主精神和自由竞争的意识。

给大家出两道测试题，你最喜欢和谁吃，最不喜欢和谁吃，不知道回答的结果是不是一样的。最喜欢的不会是家人，最不喜欢的也不是家人。因为家人是不用选择的，所以难言喜欢不喜欢。但恐怕所有人都不喜欢吃饭一声不吭的闷子，他既不劝酒，也不愿意被劝，他不评点菜的好坏，对你的评点也不置可否。闷头吃饭，不是饿死鬼投的胎，就是乏味的哲学家。

好的饭伴，除了口才外，还要胃口好。如果口才好，不动筷子，你只能当听众，你也不好意思盯着吃。好的饭伴会让你开心开胃，他的胃口好，也刺激你的胃口。比如北大的一位教授是电视脱口秀的明星，能吃善饮，膘肥体壮，和他吃饭不但长知识，而且吃啥啥香。他平常很忙，但逢年过节公务少些，我们邀请他一家和另外两个朋友全家相聚，秀口才，秀味蕾，秀酒量。小饭店，家常菜，淮扬系，酒自带，必备足。

其实，现代人更多的时候常常一人独吃，中午单位的盒饭质量再高，你也是不能拉人喝酒的。当然下班回家，孤独感自然消失。但假如还是一个人吃呢？张楚的歌词唱道："孤独的人是可耻的。"但一个人吃饭并不可耻，但孤独时常会袭来。唐代大诗人李白是诗中仙，他化孤独为神奇，一人饮酒，常常是苦酒，但他却饮出境界，"举杯邀明月，对影成三人"，孤独的快意，快意的孤独，明朗的孤独，孤独的明朗。

2008年太太去美国探亲，时间长了点，我一个人在快餐店吃饭，常常有一种挥之不去的孤独感滋生。面对李白，我很惭愧。

在哪儿吃

在哪儿吃好？

家里，太烦。

排档，太乱。

酒店，一般。

每次和亲友吃饭，似乎都要为选择地点费点思量。

以前请客吃饭好办，无疑是在家里，因为在饭店酒店吃饭的被称为客官。客官者，无家可归者也。不能说那些饭店、酒店都是为那些行色匆匆的旅客专门而设，但饭店、酒店的兴起肯定与人口的流动关系密切。本地人，即使办红白喜事也在家里，最多在外面拉个帐篷。

今天吃饭店不是旅行者的专利了，饭店作为第三产业已经成为生活不可或缺的组成部分了。当然饭店分级，酒店标星，让吃饭也成为一次身份和等级的确认。三十年前，请客常在家里，进饭店被视为奢侈的举动。而如今，饭店遍地开花，各种层次和等级的饭店分工明确，在家做饭作为上班族的累赘，已经被社会化的第三产业切除。做饭者，常常是有闲者、爱好者和非高薪者，社区里那些快餐小店发挥着当年食堂的功能。

美食爱好者、饕餮之徒则常常为何处用餐发愁。

五星酒店，环境优雅，但味道常常不如人意，甚至牌头越大的味道越差。前不久全国作代会代表住在一家老牌的五星酒店，这家与共和国名声差不多响亮的饭店的自助餐，让代表们头疼不已，很多人跑到附近的小饭店吃饭，有的女作家甚至去吃麦当劳。当然也有菜味好的五星酒店，但价格昂贵，不宜常吃。

在北京吃饭更麻烦，因为这个移民城市，口味东南西北，爱好酸甜苦辣，饭店更是琳琅满目，五味杂陈。当然如果是老食客聚会，好办，就是那几个点儿。比如我与朋友聚会，去得最多的是云腾食府，那儿的云南菜对我们的胃口。但也有差点失算的时候，有一次我们出版社请江苏赵本夫、范小青等一干作家吃饭，社长说请他们吃江苏风味的吧，我说，他们天天吃江苏菜，到北京还吃？于是根据我的建议，就去了云腾食府。没想到，刚坐下，范小青因为是老同事，就毫不客气地批评我：王干怎么安排我们吃云南菜？又酸又辣。其他人的表情也在附和。

我说，云南菜不只是又酸又辣，也有非常对江苏人胃口的。大家将信将疑，还好，这一顿饭刚吃了一半，大家就很开心了，云腿小月饼、蒙自年糕加了三次，酒喝了四瓶。事后想想，这样的安排带有一定的风险，因为范小青他们在开心之余，还怀疑这是不是正宗的云南菜。

很多人到北京来，想吃北京风味，而北京风味对异乡来的人，是不大对胃口的。尤其是那些游客，匆匆排队，急急忙忙吃烤鸭（很可能是凉的），味道是可想而知的。所以很多人对北京的风味是口头赞誉心里差评的，很多人对北京人的饮食生活是深表同情的。我的妹妹到北京来，我们一家带她吃烤鸭，吃炸酱面，吃涮羊肉，吃我们认为有北京特色的菜肴，她也高高兴兴地走了。没想到去年春节回家，妹妹很认真地说，你们退休以后还是回家养老吧。我说，为什么？她迟疑了半天，说，那儿的菜太难吃了。

天哪！原来我选错了吃饭的地方！

点菜是个美学问题

我第一次在电脑上看到“菜单”这个词有些不解，电脑是高科技，是很雅的事，怎么和吃喝这种日常生活的俗务联系到一起呢？因为当时我是用电脑弄文学，对文学有一种莫名其妙的神秘感。等时间用长了，才发现“菜单”这词真的很准确。

菜单意味着什么？选择。选择是一种自由，也是一种限制。在电脑上的菜单选择，相对简单一点，你的路径比较明确，所以鼠标不会特别为难。而到生活中吃饭的时候，面对菜单，颇费思量。

点菜的活儿不好做，常常是吃力不讨好的事情。众口难调，每个人心中都有一个理想的宴席，但每个人又说不出理想宴席的太具体的明细，如果说出来，不见得菜单上就能够提供。更何况每个人的口味相异，尤其在北京吃饭，朋友们来自五湖四海、天南地北，能让每个人满意是需要足够的统筹本领和心理把握能力的。

首先是价格问题。请客是个面子工程，是给被请者的面子。这面子，基本是通过饭店格局和点菜来体现的。当然是越奢华菜价越贵，越给面子。但是，请客常常是有计划地花钱，不是花钱如流水。花钱如流水，是给对方面子了，但对方不见得就领这个情。因而，在大饭店里，不见得一定点最贵的菜。而在小饭店里，如果再点最便宜的菜，这可能比不请客还糟糕。照顾价格，大菜要点，小菜也要点。菜要显得丰富，表示主人热情好客，但如果菜过多，则显得浪费，同时也说明主人的协调能力和统筹能力较差。如果是合作伙伴，当然就会对你的团队的能力产生怀疑，连点菜这个小事都安排不妥，甭谈大的合作了。

其次是搭配问题。刚才说到了大菜和小菜搭配的问题，自然也有荤素搭配的问题，还有地方特色和“普世价值”的问题。我看过开国庆典的菜单，虽然开国元勋里面的湖南人、四川人、江西人、湖北人不是少数，但周恩来按照淮扬菜定的菜单，除了芥末墩和菠萝饭以外，清一色的淮扬菜。这是因为淮扬菜有“广谱”适用性，所有人都能接受。如果用了湘菜、川菜可能会让毛主席、朱老总大开胃口，但怕辣的人就可能下不了筷子。

一般饭店里，往往有几十种上百种的菜肴供你选择，点菜就变成了一个考试，既要考饭店厨师的能力，也要考你捕捉美食的能力。很显然，并不是每道菜都精彩，更不是每道菜适合每个人，所以这点菜就变成复杂的美学问题了。

美学的复杂性在于审美的不可量化和简单复制，杨丽萍的舞蹈自然可以通过电脑分析出数据，但这数据很难培养出杨丽萍式的舞蹈家来。即使饭局能够复制相同的美味来，但赴宴者不见得喜欢，何况美食的难度在于千篇不一律。单位的食堂为什么办不好，因为菜单的不变，哪怕品种再多，久而久之，就没胃口了。

美在变化中，美在流动中，美食其实是厨师、食客、点菜人之间的合理组合，他们构成那道看不见的黄金分割线。规律就是嘴巴怎么调度手，手如何牵动整个的口腔神经，吃得好，说得才好。

喝酒是个军事问题

聚会不喝酒，如同喝茶不放茶叶。

聚会的类型是各种各样的，有的是公务，有的是私情。公务如招商引资，如宴请，私情如同学聚会、老乡聚会，人情私务凑到一张桌子上来，都是要气氛的。这气氛，不光是吃几个菜，喝一碗汤，酒肯定要喝几杯。这几杯如何喝，可是有说法的。

喝酒是有主题的，主题各种各样，但酒桌上的人，总是希望有人被击倒，但这个喝倒的人是谁，千万别是你。请客有主宾，一般主人希望主宾喝高兴，什么叫喝高兴，就是喝高了。如果你是陪客，你喝倒了，属于喧宾夺主，浪费了主人的酒，还伤了自己的身体。如果你是主宾，喝倒了，有失仪态，弄不好还酒后乱许愿，乱承诺，如果再乱签字，就更糟糕了。所以，把握好自己，做好主角和配角，是不被击倒的基本酒德。

也常常出现一些无主题的酒局，但这种酒局常常混战一团，因为酒桌上从来不乏较劲的人，这一较劲，就要分出高下来，高下不见得是酒量，而是酒智。喝酒的智慧，如同用兵打仗，如何团结一切可以团结的力量，结成最广泛的统一酒线，“打击”最强大的对手，是酒客的军事哲学。酒桌如战场，你要审时度势，观察好“敌情”，合理分布酒力，何时劝酒，何时敬酒，把握好良机，笑到最后。

最常见的是高调喝酒者，气势如虹，先声夺人，咕咚咕咚几杯下肚，赢得满堂彩。气氛因此产生，于是你一杯，我一杯，觥筹交错，其乐融融。高调进入者，往往低调退出。像打仗打冲锋的人，易损兵折将。而那些不动声色，常常开局号称不能喝的人，往往会是潜在的杀手，待众人皆半醉他独醒，再出招，一剑封喉。

那些酒场老将，也会常常遭遇到挑战。北京作家刘一达是写老北京的高手，我读过他的《掌上日月》《胡同味道》，那股老北京的味儿和老二锅头一样，足有68度，浓烈醇厚。他是饮者中的高手，在电视上夸过海口，摆过擂台，是酒坛上的常胜将军。常有不服气的，上门斗酒，刘一达来者不拒，他的惯用战法，是重武器先用，每人一大缸，足有三两，如不认输，再来一大缸，基本摆平。我问老刘，你怎么受得了这猛酒？一达兄说，一是我是主场，我养精蓄锐，以逸待劳，他车途劳顿前来挑战，先输了一阵。二是酒量大的，往往是慢酒，快酒的常常是馋酒。果然是军事问题，扬长避短，攻其不备。另外，刘一达还私下告诉我一个小诀窍，就是斗酒前，先吃一个二两大馒头，海绵似的吸酒。我在这里透露秘方，希望刘大将军不要见怪。

也有不畏醉酒的，甚至醉后不悔的。评论家孟繁华属于酒桌上的高调进取的先锋，他是那种“尽管筛来”型的，喝不到位，是不肯离桌的。所以作家们吃饭，常常会想起他，我看过一位女作家写他的印象记里写道，孟教授酒品甚好，喝高了，身份证、钱包随时乱扔，说是身外之物。多可爱啊！

当然，可爱是别人眼中的感受，而当事人就不一定了。我在北京醉得最惨的一次，是十几年前，那时刚到北京，为刊物扭亏为盈，要拉一万块钱的封底广告，请人吃饭，咕咚咕咚喝酒表示热情，豪言壮语，胡言乱语，然后钻到桌子肚里，醉得不省人事。第二天醒来，发现躺在单位的宿舍里，不知道怎么被送回来的。想吐，又吐不出来。喝酒的都知道，醉了不怕吐，就怕吐不出来。吐了，就轻松了，好多人还可以接着喝，但吐不出来，意味着内脏中毒了，难受无比。那次我昏沉沉睡了一天，直到傍晚，好心的同事看我一天没动静，敲门知我醉了，拉到医院输液，我才慢慢缓过来，仿佛重病一场。

而且，酒后出尽洋相，当时一位好友因我言语伤人，当场退出，与我绝交，而我浑然不知。

人生败仗，不堪回首。

酒桌上的红颜

秀色可餐，形容美貌动人无比，这里用吃来作为最高的境界。中国文化一大特点是善于用吃来比喻：“治大国如烹小鲜”，说的是治国这样的大事；“狗行千里吃屎”，是说本性难移；“吃亏”，是说失利、失势、失败，是亏损、溃退、蚀本，但无可挽回，因为吃进去了。

秀色可餐，这“秀”往往不好吃，吃下去，也吞不下，吞下去了，也消化不了，消化了，也会带来倾国倾城的隐患，因为“自古红颜多薄命”，于是有女人祸水的错误之说。但餐桌上无“秀”，往往缺少了很多的滋味。八条汉子、十条汉子在那儿喝酒，是一种变相的斗殴，是酒劲的较量。但如果有红颜的加入，就另有意味了。古代君王饮酒，必有美女歌舞，今日权贵聚餐，少不了靓女名模。酒色财气，财气最能通过酒色体现。

喝酒不是男人的专利，酒桌上常常不缺红颜高手。女性微醺，会比平常多几分娇媚和柔情。《红楼梦》里史湘云被人称颂，除了那一手好诗外，还离不开那次著名的醉酒。第六十二回，史湘云和林黛玉比才斗诗玩谜语，先赢后输，被罚酒，醉了，因而有了文学史上的著名描写："果见湘云卧于山石僻处一个石磴子上，业经香梦沈酣。四面芍药花飞了一身，满头脸衣襟上皆是红香散乱。手中的扇子在地下，也半被落花埋了，一群蜜蜂蝴蝶闹嚷嚷地围着。又用鲛帕包了一包芍药花瓣枕着。"芍药花瓣、蝴蝶蜜蜂，煞是迷人。

《红楼梦》的时代，女性饮酒属于半禁忌，只有大观园中的女眷们方可如此醉卧芍药。近百年来，西风东渐，男女平等首先在饮食上实现，原来女人不上桌的陋规早破，女人饮酒也就顺理成章了。据我所知，当代女性能饮酒者并不比女烟民少。三里屯酒吧、后海酒吧，美眉们的数量和须眉相比，男女比例绝对不会失调，而是旗鼓相当。夜色降临，夜风习习，红颜们和知己或非知己们在略带消沉的音乐中碰杯，一吐块垒，一解心愁。设想一下，如果后海的酒吧，少了那些风姿绰约的红颜美眉，会是怎样灯火不辉煌、夜色不迷人！当然美眉红颜去后海，也是为了看风景，但她们也成了风景的一部分。

不过，酒桌上的红颜常常不是为知己而饮，她们会带着任务去喝，是另一种的牺牲。记得几年前曾有某地发生女公务员因陪酒身亡被追认烈士的事件，当时舆论一片哗然。从受害人的角度来说，要求赔偿是正常的，但作为一级政府，把喝酒作为任务交给她，是可耻的。

看到这则新闻，我想起了那个著名的荆轲刺秦王的故事。荆轲为什么愿意去充当人体炸弹，除了对秦始皇的不满外，还有一种传说，说是燕子丹为了让荆轲刺秦，花了很长时间让荆轲花天酒地，“车骑美女恣荆轲所欲”，凡事都顺他心意让他高兴，让他过着神仙般的生活。有一次，燕子丹和荆轲饮酒，饮酒必有美色相伴，当时一美女古琴弹得极为美妙，荆轲称赞女琴师的那双手太动人了，不一会儿，燕子丹让厨房上了一道亘古未有的菜肴，盘子里放着一双美丽绝伦的纤纤玉手。燕子丹为讨好荆轲，将那个年轻美丽的女琴师的双手砍下来，作为荆轲的下酒菜。荆轲无以回报，于是舍身刺秦。我对燕子丹的行径，充满厌恶，燕国后来的灭亡也是必然的。如此视人民、视女性如草芥的王朝，岂能不亡？

吃饭吃出“政治”来

饮食文化，饮食必然和文化联系在一起。

吃的文化，由来已久，吃里面有伦理，有道德，有科学。吃除生理性的需求之外，政治性恐怕是第一位的。首先，除了少数陕北的老农蹲着吃外，人吃饭是要坐下来的。这一坐，就生出了政治。谁主谁次，谁左谁右，谁陪谁埋单，谁先敬酒，等等，一系列无聊但对请客方和被请者又是那么“重要”的事情，让吃这一生理需求变成了政治的演绎。国宴、家宴、婚宴、寿宴、铺排的都是隐性或显性的政治地图。

老子说，治大国如烹小鲜。治理国家，何等重要的大事，但原理也是和吃饭一样的。有配料问题、有火候问题、有荤素搭配的问题，也有硬菜、软菜协调的问题。谁择菜、谁洗菜、谁掌勺、谁端菜，尤其用哪个菜系的菜谱，更是关系到国家命运的大问题。

统治者用烹调来表达治国的思想，而老百姓也用饮食来表达他们的政治诉求。《诗经》那篇著名的《硕鼠》，“硕鼠硕鼠，无食我黍”，是通过吃来表达民的怨声。“硕鼠”一词被锁定在贪官身上，皆是政治名词饮食化的深刻影响所致。而杜甫的名句“朱门酒肉臭，路有冻死骨”，也是民间人士对腐败现实的白描。用吃来揭发社会的不平等，感染力、煽动力极强。

中国的四方桌，不仅是中国哲学的体现，也是中国政治的物化。中国人处世讲究外圆内方，但吃饭则是方桌，玩麻将也是方桌。这“方”是政治，是硬道理。你看中国古代建城必是四方城，餐桌就是这四方城的缩影。城建如餐桌，其体制也势必以食为要义。所以鲁迅先生在《狂人日记》里写到，中国五千年的历史都是“吃人”。吃人，被吃，大鱼吃小鱼，小鱼吃虾米，每个人都动筷子，每个人都是他人筷子下的菜。以前不懂鲁迅小说“吃人”的深意，尤其读不懂《药》里面那个人血馒头的含义，等读懂了，心凉如冰。

马铃薯的文学素

每个地方的马铃薯，味道都是不一样的。它在什么地方生长，就和那个地方的气息融到了一起，然后变异，因而马铃薯的品种之多，让植物学家们为之挠头。

马铃薯的名字太丰富了，好像还没有一个农作物有如此复杂的“笔名”。山东叫地蛋，云贵称洋芋，广西叫番鬼慈薯，山西叫山药蛋，安徽叫地瓜，东北各省多称土豆，广东人叫薯仔。我的家乡在苏北泰州，和上海人一样叫它洋山芋，我们把红薯叫山芋，马铃薯是舶来品，加“洋”前缀，自然。国外怎么称呼它，我现在无力去考证，但按照马铃薯随性生长的适应能力，它在国外也会有其他的叫法。

1978年我开始接触中国现代文学史，知道两个著名的文学流派，一个是山药蛋派，一个是荷花淀派。荷花淀派以孙犁为代表，山药蛋派以赵树理为代表。他们的出现改变了现代文学史的农民形象，尤其是赵树理的一系列小说，为我们塑造了一些欢乐的喜剧农民形象。比如小二黑，和鲁迅笔下的闰土、祥林嫂、阿Q是不一样的。赵树理的出现，改变了中国现代文学的生态，原先在启蒙者笔下“被启蒙的农民”，有了喜悦的表情。现在想来，当年为山药蛋派命名的人真是太有才了——山药蛋的质朴、深厚、皮实、实用，和“赵树理们”的小说十分吻合。

汪曾祺曾在一篇题为《马铃薯》的散文里，写到他与马铃薯的故事：老先生被打成右派，下放到张家口的沙岭子农科所，居然画成了一本《中国马铃薯图谱》。他认为这是他一生中“很奇怪的作品”，遗憾的是在“文革”中消失了。被毁了？不知道，或许被人悄悄收藏了？现在献宝出来，献给现代文学馆，功德无量。

汪曾祺爱花鸟鱼虫，对马铃薯也充满感情。他说：“我对马铃薯的科研工作有过一点儿很小的贡献：马铃薯的花都是没有香味的。我发现有一种马铃薯——‘麻土豆’的花，却是香的。我告诉研究人员，他们都很惊奇：‘是吗？我们搞了那么多年马铃薯研究，还没有发现过。’”这就是汪曾祺，对生活的爱意使他不放过每一个生活的细节与角落。

我有机会到很多地方，吃过各地的马铃薯，并且品味出各个地方马铃薯的差异。我印象是这样的：山东的宜做成土豆丝，东北的适合乱炖，西北的烤着吃香。评论家阎晶明带我到大同吃过那里的山药蛋，烤、炒、炖、煮，都有嚼头，让我对山药蛋派增加了更直接的认识。

这一次来到宁夏西吉，有人告诉我：西吉有三宝。我好奇地问："哪三宝？"他说："洋芋、土豆、马铃薯。"大家哄堂大笑。我没有笑，我觉得这貌似民谣的笑话里，潜藏着西吉人的自豪和苦涩。西吉就是张承志笔下"西海固"的"西"（其中，"海"是海原，"固"是固原）。张承志笔下的西海固贫瘠而强悍，血性而坚韧。西吉县甚至曾经被列为"不适合人类居住的地区"。马铃薯成为西吉县的特产，让我对马铃薯这个普通植物肃然起敬。西吉被称为"苦甲天下"，是中国西部最贫穷的地区，马铃薯成为西吉人的"三宝"，可见它对他们生存的重要性。正因马铃薯的出现，这里的人们才有了生存的可能。

让人想不到的是，西吉还是全国第一个被授予"文学之乡"称号的县，这里的文学创作异常活跃，形成了颇有气候的创作群落。西吉籍的作家获过鲁迅文学奖、骏马奖、春天文学奖、冰心文学奖，这马铃薯之乡居然是文学之乡！是因为贫穷吗？我隐隐地想起了山药蛋派。记得2004年评春天文学奖时，王蒙听说青年作家了一容是东乡族，来自西海固，顿生敬意。他说，在那样的艰苦环境里写小说，难得。了一容肯定是吃土豆长大的，我在一篇文章里看到他对马铃薯心存感恩。西吉的作家是马铃薯派吗？

南京有个诗人叫马铃薯兄弟，给人兄弟组合的感觉。他在微博上的名字叫"马铃薯兄弟A"，他真实的名字叫于奎潮。我怀疑他年轻时被起的绰号是马铃薯，因为他生得挺拔结实，与之颇有几分神似。他的诗写得简洁，富有骨感。我有个老乡叫庞余亮，1990年我在《钟山》杂志当编辑，他在沙沟中学当老师，他给我寄了一组诗歌，内容是写农民与庄稼的感情的，其中写到马铃薯。我回信给他，高度称赞，说让我想起了艾青。遗憾的是当时的《钟山》不发诗歌。我们的家乡很少种马铃薯，而且味道吃起来，酸酸的余味，一点也不粉……难道马铃薯中含有一种天然的文学素？

随笔·茶·酒及可乐

我写随笔，是近几年的事。我喜欢喝茶并自以为喝出了味道，也是近几年的事。

以前读周作人那些谈论喝茶、吃茶的文学，总觉得有些弄闲而做作，总觉得作家应该做出比随笔更严肃、更辉煌、更伟大的作品来。“如今识尽愁滋味”，不但喜爱读随笔，而且也经常写随笔，常常置文学评论于不顾，陶醉于随笔之中，以至被朋友谑称为“散文新秀”“青年散文家”，我则不敢掠美，明明白白告诉他们这是喝茶喝出来的，是茶边文学，用古人的话叫作“茶余”。

把随笔称作“茶余”并不是一种蔑视，而是一种极高的褒扬。喜欢喝茶的人都知道，茶的味道在喝的过程中固然可以品尝到，但好茶、上品茶却是喝完之后让你回味无穷的。茉莉花茶可说是香气宜人，但饮茶者从来不把花茶列入茶之正宗。茶与饮料的区别，就在于茶可以回味，而饮料则是一次性消费的解渴液体，茶可以反复沏，可以反复品，可以反复吟。茶可生出琴棋书画诗，而可口可乐只能与足球、拳击、越野赛、狂欢、迪斯科联系在一起。

我以前喜欢喝酒，酒量不大，斗志旺盛，至今还徒有酒名在文坛，很少有同行前来打擂。酒是一种英雄气的幻化物，茶是一种平常心的表征。如果说十年前的文学是酒的话，那我显然是嗜饮的酒徒。今日的文学虽然还保存一些英雄气的质地，但远不能让人痛饮，远不能让人一醉方休。没有好酒，就喝茶，喝好茶。喝够了酒，也要喝茶。茶文化是真正的中国文化，不会喝茶的外国人是难以体味到中国文化的隐痛与妙处的。茶亦是可以醉人的，遁入法门的丰子恺便是醉于茶的，他是写随笔的大师。诗与酒联系在一起，与盛唐联系在一起，茶与随笔联系在一起，与晚明和晚报联系在一起。随笔的繁荣，必以理论的贫乏和小说的苍白为代价。

一个民族不可能总是酒气扑人，一个作家也不可能老是靠酒精来支撑他的作品。茶时代的再度到来与随笔的空前热闹或许正是一种历史的进步。不过，我挺不习惯“学术小品”这种说法，学术在我看来是至高无上的，而小品则是学术的天敌。我对那些枯燥的、严谨的、经典的学术著作充满了敬意，对那些卖弄的所谓的学术的小品性的美文则不敢恭维，随笔里可以有学术光辉的亮点和智慧的眼睛，但学术则不可以随笔的、小品的思维方式拆碎了零售给大众。

营养

营养的概念与现代医学有关。在饥馑的岁月里，医生对所有的病人都可以开出营养不良的诊断。充分的营养确实是健康的首要保证，营养匮乏的肌体最容易遭受病毒的袭击。

在我童年的时候，我生活的那个地方有一个叫汪玉贤的名医。他的特长是为患病孱弱的儿童割“观音腐”，那些儿童大多长期低烧、面色黄黑、不思饮食，汪医生在孩子的手腕上割去一块皮，过一阵那孩子便百病消除、健康如常了。多年以后我重返故里，碰见年老的汪医生，便问他是否还割“观音腐”。他说早不割了，现在的孩子营养那么好，怎会要割“观音腐”呢？原来这“观音腐”并不是什么病，而是那些乡村的孩子由于自幼营养缺乏，身体机能下降，转为拒绝营养，因而百病滋生。汪医生割的部位实是刺激胃神经，恢复肌体对营养的吸收能力，一般家长在孩子“手术”后都会把鱼肉蛋这类营养丰富的食物给孩子吃，所以小孩恢复得特别快。

毫无疑问，在一个物资匮乏的年代里，充分的营养往往会是医治百病的良药。

然而在那贫穷的岁月里，谁也没想到过分的营养也会成为疾病的温床。今日城市人的很多疾病都与营养有关，不是匮乏而是过剩，是俗话说的富贵病。不用说那心血管方面的疾病，光是方兴未艾的减肥运动就足以说明人们今天是怎样憎恨脂肪这营养的外化物。有资料统计过，人的平均身高在增加，但我没有看到资料说人的平均体重在增加。可有一则报道说上海有25%的人属肥胖（超过标准体重），可见人的体重增长要比身高快得多。

营养开始成为人的负担，人们在得到美食的愉悦之后，又不得不与这些美食中的高蛋白、高脂肪、高能量作“斗争”，通过运动或药物来消耗这些热量和营养，以防它们淤积、沉淀在体内，从而带来那些讨厌的富贵病。

于是营养的概念在发生变化，大鱼大肉不再是人们羡慕的食物，人们明白山珍海味也未见得就比青菜萝卜有更多的维生素，以至于一度出现市民们争买有虫眼蔬菜的趣事。那些以前视为没有营养的食品成为新的绿色食品，那些从前被视作粗粮的杂粮成为家家户户必备的佳品，那粗纤维的草类、那些被遗弃很久的食品重新回到了我们的餐桌上。这一次不是抚今追昔、忆苦思甜，而是为了健康地生活。

味道

有人把人生的体验与人的味觉联系起来，说人生的体验可分甜、酸、辣、苦四境界。第一境界是爱吃甜，婴儿刚刚降生，见了甜水就喝；第二境界是吃酸，十七八岁的女孩往往都爱吃话梅，一般人家都是用醋作调料；第三境界是吃辣，在我们日常生活中红辣椒和绿辣椒，是很受欢迎的，家家都不拒绝它们进门，只是因家制宜，根据口味来选择辣味不同的品种；至于苦的境界似乎有些“小众化”，很多人畏苦怕苦，这或许是人们尝够了生存的困苦和艰辛，不想自找苦吃了。

这种说法显然有它的局限，因为忽略了不同地域的饮食习惯，比如云、贵、川、湘、鄂地区人好辣喜麻是多年的习性，我们不能说他们的人生境界就比其他人高，而上海周围的人喜好酸甜，不能认为这些酸甜族的境界就低。四境界的分法只是一种比喻，旨在说明人生便是各种滋味的混合体。

我小时候特别爱吃甜食，长大以后发现，几乎所有的人都爱吃甜食。现在发现，很多地方的名优特产食品，无论是什么酥什么糕什么糖，都是由糖和油这两大成分搅拌而成，号称辣不怕的西南地区如此；以口重出名的山东、东北亦如此；中原如此；西北也是如此。地方特产的一个共同特点，就是保存了人的童年记忆、童年口味，当然也是贫穷的记忆、贫穷岁月的味觉。

小时候曾听说过这么一个民间故事，乾隆皇帝下江南时，在极其饥饿的旅途中，一个村夫做了一道叫“翡翠白玉”的菜让他填饥，他觉得味道鲜美异常。回到宫中以后，他老是让御厨做这道“翡翠白玉”，御厨费尽心机，也不能满足皇上的要求，待侍臣千方百计找到那位村夫才发现，“翡翠白玉”乃江南人家日常所做的菠菜豆腐汤，乾隆将信将疑，感叹：“怎么宫中的什么东西都没有味道！”

乾隆的感慨是今天很多人都会有的，我们发现很多风味小吃、地方特产都变得没有记忆中那么好吃，常常感叹制作工艺的失传、原料的不地道，很少去想我们的口味变了，我们现在是“宫中”，不是在村野的童年岁月和饥饿的日子里。我们的口味变了，菠菜豆腐便不再是“翡翠白玉”了。人的味觉离不开生存环境，我们的下一代，在甜水中泡大，他们还会不会有我们这种对童年食品的美好记忆和眷恋？

苦味

小时候常听的一句话，至今不忘：旧社会比黄连还苦，新社会比蜂蜜还甜。这是“文革”忆苦思甜时最流行的，妇孺皆知，比今天那些最流行的广告语还要流行。现在看来，这句话挺有意思，它朴素的话语里面折射了很多时代内容。今天的小学生听了这比喻一定会不以为然：蜂蜜并不是最甜的，比蜂蜜甜的还有蜂王浆、蜂皇精，而且，甜食对健康也不利。可见时代的前进伴随着那些可爱的流行语的消失。

黄连到底有多苦，我始终没尝过，对它的敬畏之心，至今犹存。可对苦的恐惧却消失了，甚至爱吃带苦味的食品，爱喝苦味酽酽的饮料。这对我少年养成的偏爱甜食的胃口实在是一个大大的悖逆。

第一次品出苦的味道来是在十多年前，当时我在北京开会，到一个朋友家里做客，这位朋友以新潮著称，他拿出当时很少见的雀巢咖啡招待我们，并要让我们喝正宗的雀巢风味，在咖啡中没有加任何东西。同去的连连称赞这听从外国带回的咖啡味道地道。我从未喝过这么苦的液体，尝了一口，发现这清咖的味道比中药还可怕。为怕别人觉得我这个外省人没见过世面，我也跟在后面人云亦云地叫好，并咕噜咕噜地喝了一大口，像喝中药似的勇敢，也像喝啤酒似的豪放。现在想来真脸红，当时在座的人并没有发出笑声，我从内心里感激他们。

由于这次出了洋相，我回家后就努力要尝出清咖啡的味道，专门买了雀巢，不像过去那样加糖、加奶、加咖啡伴侣，而是要喝出苦的真谛来。或许是久炼成钢的缘故吧，我慢慢习惯了清咖的怪味，品出了那浓烈的香味，喜欢在写作时喝它，它既清心又提神，成为我写作时不可缺少的“伴侣”。只是后来我因长期写作患有神经衰弱，晚上不轻易饮用。

或许是有咖啡的苦垫底，我第一次吃苦瓜时一点也没有感到意外，更没有龇牙咧嘴叫苦不迭。我暗暗喜欢这种江浙沪地区少见的蔬菜，出差到外地下餐馆，有苦瓜必点。这几年南京的菜场也有苦瓜卖了，只要见到，必买。而且苦瓜的做法也多种多样，清炒、炖汤、凉拌，可做主菜，也可做配菜。其中有一两样做法居然让四川的厨师也感到惊讶。清香的苦瓜，在炎热的夏季真是一道绝妙的好菜。

还有一种茶也是苦的，它叫苦丁。苦丁是云贵高原上的一种野生植物，用它制作的茶，汤色橙黄，苦而不涩，解暑去腻，我很爱喝，第一次在贵州喝过以后，就买了一大盒带回南京，慢慢地喝。

吃不到葡萄说葡萄甜

吃不到葡萄说葡萄酸，酸是因为心里的感受。

葡萄挂在葡萄架上，有主人看守，吃不到当然说葡萄酸。

也可能是数量少，被别人吃了，出于嫉妒说，酸死了，酸掉牙了。

当然还有吃了葡萄，说葡萄酸的，因为葡萄没有成熟，确实是酸。

说葡萄酸还有另一种原因，就是吃得太多了，味蕾变异了，所以酸。

吃了葡萄说葡萄是甜的，是正常的。如果吃不到葡萄，却说葡萄是甜的，葡萄是很好吃的，就不正常了。

这是说真话，这是诚实，这是尊重科学。这需要克服自己内心的挫折感，化解掉味蕾里的酸感，才能勇敢地说出，并不因为我吃不到葡萄，葡萄才变不甜。

吃不到葡萄说葡萄酸，某种程度上也是一种指鹿为马，因为葡萄明明是甜的，你非要说是酸的，其性质与把马鹿混淆一样糟糕。但人们往往原谅故意搞错葡萄味道的人，而坚决不能原谅混淆马鹿的人，因为吃不到葡萄说葡萄酸的人，最多说这个人小心眼，而不会怀疑他的品质问题。而指鹿为马则不仅是人品问题，还是政治品格甚至历史问题。一个是对动物的识别，一个是对滋味的判断，怎会有如此大的价值判断上的差异呢？

吃不到葡萄说葡萄甜的精神，某种程度上是一种科学精神，是捍卫科学的唯物主义精神，而吃不到葡萄说葡萄酸，却是一种唯心主义。所以，提倡吃不到葡萄说葡萄甜，反对吃不到葡萄说葡萄酸。

小小葡萄，能考察一个人的世界观。

（为《格言》所写卷首语，属命题作文类）

春晚慎说一句话

去年春晚，我写了“春晚当公益”的博文，反对植入广告，后来听说今年的春晚取消了植入广告。且拭目以待吧。

过年是花钱的日子，央视和明星们不能赚钱！还有一句话要说的就是春晚不是“北中国”晚会，照顾一下全国人民的情绪。有些话慎言，不要搞风俗霸权主义。

春晚慎说一句话：“过年哪！吃饺子哪！”其实，在南方，很多地方不吃饺子。北方的习俗不能代表全国的习俗，以偏概全就是忽略地方文化的多样性，政府在花很多钱保护非遗，春晚却在变相遗忘其他地方的非遗文化，春节吃糍粑，吃元宵，吃八宝饭，都是过年。吃饺子只是过年的一种方式，不是全部。

吃相和食相

——汪曾祺小说中的“吃”与散文中的“吃”

有人对我说，汪曾祺的小说和散文是两样东西。

我一愣，仔细一想，还真有道理。

汪曾祺的小说写得非常用心，用他自己的话说是“惨淡经营的随便”，而散文带着更多的随机和随心，他在《蒲桥集》的序言里，就说自己写散文是“搂草打兔子——捎带脚”。这个“捎带脚”，有点漫不经心，也有点意外之喜，搂草属于“正常工作”，打到兔子，属于分外的成就，当然有点惊喜。虽然汪老先生不在乎“兔子”，但“兔子”来了，他当然也不会放过。

之所以“人人都爱汪曾祺”，是因为不同的人能在汪曾祺的作品中得到不同的需求。汪曾祺受到中老年读者的欢迎，源于其文化底蕴和艺术内涵，而年轻一代尤其是2000年以后出生的人喜爱汪曾祺，看上的是那些散文，尤其是那些写美食的散文，很多年轻人对《端午的鸭蛋》《故乡的食物》等“耽美”（耽于美食）的文字耳熟能详。汪曾祺自己不太在意的散文，产生如此大的影响，尤其获得以网文为阅读主体的年轻一代的青睐，这肯定是汪曾祺没有想到的，他的“捎带脚”带出“跨世纪”的效果，以至于很多年轻人以为汪曾祺就是一个会写美文的美食家。

汪曾祺对于自己的散文的地位不在乎，因为是“捎带脚”，他更在乎自己的短篇小说。1994年《大家》文学杂志横空出世，我请王蒙担任长篇小说的主持，刘恒担任中篇小说的主持，苏童担任短篇小说的主持，谢冕担任诗歌的主持，汪曾祺担任散文的主持。对散文栏目的主持，他有些不满意，他内心觉得应该担任短篇小说的主持，我当时也考虑让汪曾祺担任短篇小说的主持，可散文谁来主持呢？有比汪曾祺更合适的散文作家吗？我把这一想法告诉老头儿，老头儿释然了，兴高采烈地去参加《大家》创刊在北京的新闻发布会。

汪曾祺的美食散文已是文坛一绝，其实汪曾祺小说里也多次写到吃，很少有人注意到。他的《金冬心》《七里茶坊》《黄油烙饼》《热藕》《八千岁》《鸡毛》《职业》等十余篇小说都是从“吃”着笔，写出了特定的生活景观和人生况味。但为什么人们很少注意到汪曾祺的美食小说或者很少注意到汪曾祺小说中的吃呢？我认为这是汪曾祺的高明之处，他准确把握了“搂草”与“打兔子”的分工，在小说和散文之间有自己的定位。

散文的食相：生活的美感和爱

民以食为天，天以食为民。文学要写天，也要写民，连接民与天最好的纽带可能就是食了。从《诗经》开始，食的问题就是人们关心的生存大事。《小雅·鹿鸣》：“呦呦鹿鸣，食野之蒿。我有嘉宾，德音孔昭。视民不恌，君子是则是效。我有旨酒，嘉宾式燕以敖。”这里面不仅写到了食物野蒿（大约类似今天的蒿子秆），还写到了酒，可见美食美酒自古以来就是人之所爱。当然，更多的时候老百姓是为食所困，《硕鼠》里“硕鼠硕鼠，无食我黍”，对于食物的关注，都产生怨恨情绪了，不论这个大老鼠是实指还是虚指，民歌传达的百姓对粮食的关爱，确实是“以食为天”。至于小说中的美食，当数曹雪芹的《红楼梦》最为经典，他对食物精美描绘，勾起了无数人的无数美谈，以至于今天餐饮业的“红楼宴”还有好几个版本。

和曹雪芹一样，汪曾祺作品里的菜肴已经被人们制作成为“汪氏祺菜”，高邮的汪味馆和汪小馆的生意也非常好，汪曾祺的美食散文也被出版社包装成各种选本出版。汪曾祺的这些关于美食散文的感染力和号召力是如何构成的，仔细阅读可以发现是有奥秘可言的。

汪曾祺美食散文的文化底蕴极为深厚，渊博的知识、经历的广远以及自身的文化涵养，让汪曾祺的美食散文具有一种纵深感，哪怕是一块小小的豆腐，都能写出古今南北的来龙去脉、风味特色。《切脍》一文，在短短的篇幅中介绍了古今中外切脍的做法，从春秋孔子《论语·乡党》“食不厌精，脍不厌细”到北魏贾思勰《齐民要术》“切鲙不得洗，洗则鲙湿”，从唐代杜甫诗《阌乡姜七少府设绘戏赠长歌》“无声细下飞碎雪”到宋代《东京梦华录·三月一日开金鱼池琼林苑》“临水斫脍，以见荐芳樽，乃一时佳味也”，如何“切脍”为什么“脍”，并根据自己的生活体验，得出“切脍”的妙处在于“存其本味”，并提出恢复“切脍之风”的善良愿望。短短小文，融汇了千余年的食文化，呈现了特定的文化学、民俗学的价值。

汪曾祺在《葵·薤》里说，自己小时候读汉乐府《十五从军征》“舂谷持作饭，采葵持作羹，羹饭一时熟，不知怡阿谁”时，尽管“未从过军，接触这首诗的时候，也还没有经过长久的乱离，但是不止一次为这首诗流了泪”。但他并不止于见花流泪，感到伤心，而是追根究底，想要弄明白葵到底是什么物种，他从《毛诗品物图考》追到吴其浚的《植物名实图考长编》和《植物名实图考》，恰巧在武昌见到了古书中的葵——冬苋菜，终于放下了这件心事，总算把《十五从军征》真正读懂了。

这种知识性极强的具有历史纵深感的写法后来被称为“文化散文”的路数，自然不是汪曾祺的首创，五四时期的小品文基本上都是这一写法。现在一些作家拼命在散文中灌输知识和历史的所谓“文化散文”，为什么没有能够获得应有的文化底蕴反而成为知识材料的堆砌，一个重要的原因，就是没有融入作家的情感。

作家的情感与作家的文学价值观密切相关，汪曾祺号称自己的文学观是“人间送小温”，他写美食的目的是：“我把自己所有的爱的情怀灌注在喜好美食的文章中。”

汪曾祺用词一般是留有余地的，但这里史无前例地宣称“所有的爱”都用到美食的文章中，可见他对美食是钟爱的，而且是毫无保留的。他把美食与生存结合起来了：“活着多好呀。我写这些文章的目的也就是使人觉得：活着多好呀！”因此他写的美食文章，看似平淡的文字中渗透了他对生活和世界的爱。香港美食家蔡澜说过，“美食=乡愁+滋味”。也就是说，美食源于一种感情寄托，是一种主客观的结合体。主观在于作家的某种记忆，童年记忆是乡愁的源头，而食物的滋味只有在乡愁（这里应该扩展为某种记忆）的照耀下才会发出迷人的光芒。在《咸菜慈姑汤》的结尾，作者突兀地来了一句：“我想念家乡的雪。”

这一句猛一看，极为突兀，但确实是神来之笔。“家乡的雪”与咸菜慈姑汤之间的关系在于，“一到下雪天，我们家就喝咸菜汤，不知是什么道理”，浓郁的乡愁油然而生。同样写《故乡的野菜》，显然不同于周作人的冷峻和淡漠，周的《故乡的野菜》开头就说，“我的故乡不止一个，凡我住过的地方都是故乡，故乡对我并没有特别的情分”，散淡是散淡了，与汪曾祺的“我想念家乡的雪”的浓烈形成了鲜明的对照。

同样善于写美食的还有梁实秋，汪曾祺的美食散文很多和梁实秋的文字有异曲同工之美，也有前后呼应之妙，他们的区别在于，一个在场，一个是旁观者。汪曾祺的美食散文与梁实秋等人的文章相比，他的作品带有强烈的参与感，而梁实秋等就难免有食客的嫌疑，像陆文夫笔下的朱自冶，只是一个资深的又善言说的“吃货”。

汪曾祺不仅能够品尝美食，而且自己会下厨烹制美食，他说过，“喜欢做饭的人一般都是不自私的”。汪曾祺的文章里，经常写到自己尝试做新菜的过程，比如油条搋斩肉（肉圆）这道菜就是汪曾祺自己的发明。“年年岁岁一床书，弄笔晴窗且自娱。更有一般堪笑处，六平方米做郇厨。”“做郇厨”的乐趣，可能在一般人看来是可笑的，但汪曾祺自己觉得和弄笔一样是“自娱”。汪曾祺喜欢画画，他觉得文人做菜就像文人画一样，随性，却又有雅致的讲究。这种强烈的参与意识，会带给读者强烈的带入感。这种带入感，正是网络时代阅读者喜欢的带入感。

小说中的吃相：世道与人心

在那些美食散文中，汪曾祺基本描写的是食物的美味、原料和制作过程，知识性的风俗以及对美味的把玩，间或穿插自己的人生经历和人生感悟，比如《故乡的食物》《昆明的吃食》《端午的鸭蛋》《手把肉》等，以鉴赏家的口气来展示这些美食的肌理。而在小说中，食不是主角儿，食物本身成为一个背景或者作为一个微创的切口，由此开采出来，展现世态人心。

这种以食为视窗以展现世道人心的小说手法几乎贯穿了他一生的小说创作。早在二十世纪四十年创作的小说《落魄》，就是以食之兴衰来展现人物命运起伏的。小说以绿杨饭店的兴衰来展示扬州老板从兴旺到落魄的过程，“这位扬州人老板，一看就和别的掌柜的不一样。他穿了一身铁机纺绸褂裤在那儿炒菜。盘花纽扣，纽襻拖出一截银表链。雪白的细麻纱袜，浅口千层底礼服呢布鞋。细细软软的头发向后梳得一丝不乱。左手无名指上还套了个韭菜叶式的金戒指。周身上下，斯斯文文”，而且在饭店里还放着两盆花，以至于踢足球的学生来也安安静静的。但后来随着饭店的易主，那个扬州人的命运改变了，老板变成了打工的，衣着不讲究，人变得邋遢猥琐，连吃相也变得丑陋，让作者产生了厌恶的情绪。

二十世纪八十年代初期，旅居海外的张爱玲读到《八千岁》，看到里面写到草炉烧饼，勾起了乡情，也感觉到大陆的文学在变化中。她写道：“我这才恍然大悟，四五十年前的闷葫芦终于打破了。”原来张爱玲在上海时，听到叫卖声“马（买）……草炉饼”，不知何物，读到《八千岁》之后，明白是一种苏北小吃。张爱玲的敏锐是一个小说家的敏锐，而汪曾祺把食与人联系起来也是他作为小说家的一种近乎本能的作法。汪曾祺在评论阿城的《棋王》的《人之所以为人》一文中写道：“文学作品描写吃的很少（弗吉尼亚·沃尔夫曾提出过为什么小说里写宴会，很少描写那些食物的）。大概古今中外的作家都有点清高，认为吃是很俗的事。其实吃是人生第一需要。阿城是一个认识吃的意义，并且把吃当作小说的重要情节的作家（陆文夫的《美食家》写的是一个馋人的故事，不是关于吃的）。他对吃的态度是虔诚的。《棋王》有两处写吃，都很精彩。一处是王一生在火车上吃饭，一处是吃蛇。一处写对吃的需求，一处写吃的快乐——一种神圣的快乐。写得那样精细深刻，不厌其烦，以至读了之后，会引起读者肠胃的生理感觉。正面写吃，我以为是阿城对生活的极其现实的态度。对于吃的这样的刻画，非经身受，不能道出。”

写食其实是写人，汪曾祺多篇小说涉及食物和吃。前面说到的《落魄》写开饭店的故事，汪曾祺对菜品的描写也很精彩，但扬州老板的前后反差更让人印象深刻。《安乐居》直接写北京的小饭馆，世态人心，炎凉冷暖自知。《鉴赏家》写的是水果贩子叶三和画家季匋民成为知音的故事，但中间关于水果的时令品尝也是一种美学鉴赏。《鸡毛》写的是西南联大一位金姓学生偷吃文嫂养的鸡的故事，文嫂遭遇的悲惨命运没有强烈的表达，最后在一堆鸡毛面前号啕大哭。吃是本能，但这位学生偷鸡、杀鸡、炖鸡、吃鸡的“技巧”留下了悬念，如此吃相也写出了人性的幽暗。《桥边小说》三篇有一篇直接以《茶干》作为篇名，界首茶干是高邮的名产，是和高邮鸭蛋一样有名的食品，但有趣的是散文《端午的鸭蛋》让高邮鸭蛋的美名更为流传，而读者好像并没有记住茶干这道美食。《熟藕》也是以高邮为背景的，写卖藕的和吃藕的之间有些苍凉而温馨的美好情愫。《岁寒三友》最后写三位老友除夕的大雪之夜，相聚在五柳园喝酒，是真正的"取暖"御寒，也是抵御世间的人情冷暖炎凉。食物见世道，吃相见人心。

《黄油烙饼》是汪曾祺认为带有"伤痕"意味的小说，以至于他担心当时的《新观察》不能发表。其实《黄油烙饼》并没有正面去揭示伤痕，而是通过孩子萧胜的儿童视角来展现饥荒岁月的人性美，小说先写萧胜的奶奶给孙子做吃的，小米面饼子、玉米面饼子、萝卜白菜、炒鸡蛋、熬小鱼，后来办了食堂，奶奶把家里的两口锅交上去，一开始吃得还不错，白面馒头、大烙饼、卤虾酱炒豆腐、焖茄子、猪头肉，后来就不行了，还是小米面饼子、玉米面饼子。再后来小米面饼子里有糠，玉米面饼子里，有玉米核磨出的糙子，拉嗓子。"掺假的饼子不好吃，可是萧胜还是吃得挺香。他饿。"萧胜的奶奶为了让萧胜活下去，省给萧胜吃，自己饿死了，而临死前，那瓶黄油也没有舍得烙饼吃。小说的结尾，写萧胜的父母用奶奶节省下来的黄油为萧胜烙饼："萧胜一边流着一串一串的眼泪，一边吃黄油烙饼。他的眼泪流进了嘴里。黄油烙饼是甜的，眼泪是咸的。"

黄油烙饼的味道是如此的又咸又甜，萧胜吃到的不只是食物了。汪曾祺在这里写出的、读者看到的，自然不只是食物，更是世道和人心，是人性在饥饿的环境里释放出来的光辉。

在汪曾祺的小说中，有一篇《金冬心》堪称美食之集锦。小说写扬州八怪代表人物金农，被财大气粗的商人请去赴宴，陪达官贵人吃饭。他们吃的东西名贵而稀罕，名贵在于食材的难得，叫作“时非其时，地非其地”，就是一桌菜，没一样是当地出产，也没一样是当时所有。这在交通和物流极其不方便的农耕社会，可谓是天上神宴。小说写道：

凉碟是金华竹叶腿、宁波瓦楞明蚶、黑龙江熏鹿脯、四川叙府糟蛋、兴化醉蛏鼻、东台醉泥螺、阳澄湖醉蟹、糟鹌鹑、糟鸭舌、高邮双黄鸭蛋、界首茶干拌荠菜、凉拌枸杞。热菜也只是蟹白烧乌青菜、鸭肝泥酿怀山药、鲫鱼脑烩豆腐、烩青腿子口蘑、烧鹅掌。甲鱼只用裙边。鲜花鱼不用整条的，只取两块嘴后鳃边眼下蒜瓣肉。车螯只取两块瑶柱。炒芙蓉鸡片塞牙，用大兴安岭活捕来的飞龙剁泥、鸽蛋清。烧烤不用乳猪，用果子狸。头菜不用翅唇参燕，清炖杨妃乳——新从江阴运到的河豚鱼。铁大人听说有河豚，说：“那得有炒蒌蒿呀！——‘竹外桃花三两枝，春江水暖鸭先知。蒌蒿满地芦芽短，正是河豚欲上时’，有蒌蒿，那才配称。有有有！随饭的炒菜也极素净：素炒蒌蒿薹、素炒金花菜、素炒豌豆苗、素炒紫芽姜、素炒马兰头、素炒凤尾——只有三片叶子的嫩莴苣尖、素烧黄芽白……”

这是有“秀”菜谱的嫌疑，但是读者最终记得住的不是菜谱，而是那些拍马屁的盐商和无聊文人，他们跟在达官贵人后面，附庸风雅、夸奢斗富，足见当时的奢靡。小说的主人公是扬州八怪的重要人物金农，金农内心极其纠结，他一方面要表明文人的清高，但又忍不住奢侈美食诱惑，最后卖弄才华为达官贵人的无知圆场。小说中不学无术的程雪门诌了一句“柳絮飞来片片红”，犯了常识错误，明显是薛蟠的水平，大家要罚他酒，程有些下不了台，金冬心灵机一动，现场创作了一首诗，“廿四桥边廿四风，凭栏犹忆旧江东。夕阳返照桃花渡，柳絮飞来片片红”，且编造说这是元人咏平山堂的诗歌，救了程雪门的场。“第二天，程雪门派人给金冬心送来一千两银子。”金冬心又像自责，又像谴责说了句“斯文走狗”。豪宴的菜单最终成为金冬心内心纠结的“引子”，文人当时的尴尬和酸楚在“吃相”中淡淡流出。

《黄油烙饼》写出了在饥荒年代里人性的美，又批判那些底层官员的腐败和无耻，奶奶饿死了，而那些官员却在大吃大喝，形成了鲜明的对比。在《七里茶坊》这篇小说里，写的也是贫穷和饥饿。小说里的我和三个人去刨粪块，是粪的冰块，他们在饥肠辘辘的夜晚，谈起昆明的吃食。这老乔的记性真好，他可以从华山南路、正义路，一直到金碧路，数出一家一家大小饭馆，又岔到护国路和甬道街，哪一家有什么名菜，说得非常详细。他说到金钱片腿、牛干巴、锅贴乌鱼、过桥米线……“一碗鸡汤，上面一层油，看起来连热气都没有，可是超过一百摄氏度。一盘子鸡片、腰片、肉片，都是生的。往鸡汤里一推，就熟了。”汪曾祺曾经说阿城写的是神圣的欢乐，《七里茶坊》这是不是一种神圣的快乐？当然。阿城是写具体的现实中的知青王一生在现实中的吃之快乐，而《七里茶坊》则写了回忆中吃的快乐，而且老乔把这种神圣的快乐“分享”给其余的三人听，如果在正常情况下也会那么突兀，背景是刨粪冰的几个人在饥饿的夜晚，空气里还散着粪的酸气，他们居然在大谈诱人的昆明美食，让人想起“昔我往矣，雨雪霏霏，今我来兮，杨柳依依”的经典场景，“以乐景写哀，一倍增其悲哀”，清人王夫之的这句经典评价同样适用于汪曾祺的《七里茶坊》，饥饿中思念美食，粪坑中大谈香味美食。

吃相自然不是一个表象，也不是一个表情，而是“心相”和灵魂相。《职业》是汪曾祺非常用心写的一篇小说，他前前后后写过三次，可见其重视程度。他几次修改并没有引起评论家和读者的重视。这篇小说篇幅简短，故事也极为简单，所有的悬念都围绕“椒盐饼子西洋糕”两个小吃来写。小说写的是昆明文林街一个十一二岁的孩子卖“椒盐饼子、西洋糕”的故事：十一二岁本该读书的年龄，却要因父亲去世，直接谋生，后来给糕点铺打工，晚上发面，大早起帮师傅蒸糕、打饼，白天敲着木盆去卖，“椒盐饼子、西洋糕”，在文林街的叫卖声中，这清脆的童声，引起了放学的孩子的模仿，“捏着鼻子吹洋号”，学生自然不是什么恶意，卖糕的孩子自然不会生气，忽然有一天，这个孩子没有做生意，去外婆家吃饭的路上，见周围没有人，他自己模仿那些孩子吆喝起来：“捏着鼻子吹洋号。”

为什么汪曾祺如此重视这篇小说？他自己还在《北京晚报》上撰文推荐《职业》，他是从职业对人的异化角度说的，也是写职业对人性的异化。我在《汪曾祺的现代性》一文中指出，《职业》是从“声—生”的内外关系来表现人在戏仿中的苦难与欢乐之转换。这篇小说是通过“声—生”的结构，通过声音来展现人的生存状态，每一种叫声后面都是一种不一样的人生。而聚焦到这个孩子身上，按照我们现在的文学逻辑，这个孩子是底层的，是苦难的。小说也有对比，那些背着书包上学的孩子和背着木盆的他，属于不同的命运。小学生对他的戏仿，也是一种友善的游戏，“捏着鼻子吹洋号”，也有潜在的戏弄、玩耍，本来是童年游戏的一种。而这个孩子趁着无人，在对“捏着鼻子吹洋号”的戏仿，却有着很复杂的情绪在里面——童心。这个孩子虽然已经打工，但是童心未泯。上不到学的孩子，对上学的孩子是羡慕的，小说没有写怎么羡慕，但这样一个角色置换的举动，说明对他们身份的认同，模仿本身就是一种学习，潜藏着对学习生活的渴望，卖糕的孩子等周围没有人才敢于模仿，说明他这种内心冲动已久，但不能公开表达，只能没有人的时候才“捏着鼻子吹洋号”，他才能回到他应该拥有的童年。

这篇小说没有写椒盐饼子、西洋糕的食相，也没有写孩子们的吃相，但灵魂相是那么的真切，汪曾祺人道主义的悲悯情怀和对世道人心的袒护，自然流露。这就是汪曾祺的灵魂相。

初稿于2020年10月18日，定稿于2021年2月23日

“美食家”汪曾祺

陆文夫的《美食家》发表之后，招致了不少麻烦，有人怀疑他便是“美食家”，还有人邀请他加入烹饪学会，弄得他几次著文解释说明素材的来源。其实，作家中真正的“美食家”不是陆文夫，而是另一位江苏籍的作家——居住在北京的高邮人汪曾祺。

这是北京作家对汪老的雅称。当然，“美食家”的内涵，已经包含新的意义，是一种诙谐的褒奖。汪曾祺与朱自治有着质的区别，他不仅谙熟吃经食谱，更主要的是一位烹饪的好手。

汪老善于品尝佳肴美味，也擅长烹调之术，非始于今日，由来已久矣。只是在江苏同乡陆文夫的《美食家》发表之后他才被赋予“美食家”这一头衔的，这与他平常注重民俗风情的创作宗旨是分不开的。年轻时，汪曾祺走南闯北，由于极爱观察当地的民俗人情、衣食住行，自然会品尝到多地的特色风味，这在他的小说里有所反映。早年的《落魄》里对“绿杨饭店”的描写，充分表明他对饮食行业的熟悉。近来的小说，有一篇直接以“黄油烙饼”作为题目；《八千岁》写到高邮小吃大炉烧饼、三鲜面；《七里茶坊》里描写到云南酒、昆明食的特色；《异秉》写熏烧，“附近的空气里弥漫着王二家飘出的五香味”，这种灵敏的嗅觉，非出自深谙食性的美食家不可。食，同为民俗的一个重要组成部分，以风俗画作家著称的汪曾祺岂能忽视？

这样看来，汪曾祺具有较高品尝食味的审辨鉴赏力也就很自然了。

1981年《钟山》在太湖举行笔会，汪曾祺、宗璞等作家应邀参加，为了招待这些风尘仆仆的作家，主人举行了一次宴会。当一盘代表无锡风味的清蒸鳜鱼端上桌之后，大家都吃大鱼，而汪老却挑小的。众人不解，问之，汪老笑而不答，要他们拈一块尝尝。一尝，小鱼果然鲜美异常，忙问什么道理，汪老说：小的是活的。又问：你怎么知道？答：看吧。真是独具慧眼。大家尚在寻究奥秘所在，而聪敏的宗璞则看出了诀窍，她看汪老的筷子行事，汪老吃什么，她就夹什么，果然味道均佳。以后每逢宴会，宗璞总是坐在汪老的旁边，既听到了津津有味的食经，又不会错过任何一道美味。

如果把汪曾祺当作一位只精通吃经的吃客，那就大错特错了。他之所以为北京作家们钦佩，是因为他那精湛的烹饪的手艺。长期的观察、品尝，既培养了他很高的胃口，也锻炼了他的铲子。汪老的家乡高邮，对饮食颇为考究，平常人家也能做几道风味菜，汪曾祺长于烹调，也就一点不奇怪了。

一个星期天，邓友梅、林斤澜等登门到汪家，作家们主动提出要“检验检验”汪曾祺的手艺如何。为了满足老朋友的要求，汪老“洗手做羹汤”，亲自到厨房抄起铲子为他们做了几道菜。席间，邓友梅、林斤澜对桌上色、形、味俱佳的菜夸赞不已，称他做的菜与他的小说一样，是“高味”。邓友梅、林斤澜因大饱口福而扬扬得意，到处宣扬这次家宴，很快“汪曾祺是美食家”的消息便在北京作家中迅速传开了。消息灵通的李陀还向外地的作家、评论家绘声绘色地讲述这件事。女作家张洁为了能够品尝“汪美食家”的杰作，特地邀请汪老到她家去做一桌菜，价格勿论，汪老则答应以后一定请她的客。一时“美食家”汪老在北京文学界以至出版界、饮食界成为美谈，竟然有一家出版社约请汪曾祺撰写一本菜谱，有的烹饪学会邀请他担任顾问。

今年四月初，我们到汪老家拜访时，谈到上述趣事之后，汪老哈哈大笑，并说，他的业余生活非常丰富，写小说，写散文，写诗，画国画，练书法，烹调只是业余爱好之一（他的工作是写京剧剧本）。我们又询问他，那一天招待邓友梅、林斤澜烧的什么菜，汪老说：“还不是我们的家乡菜，平常得很，冰糖扒蹄、雪花豆腐、煮干丝……”哦，地道的扬州特色、高邮风味，就像他的《异秉》《大淖记事》《受戒》一样。汪老又说：“做菜要有原料，他们来的那一天，我家里正巧有，要不，可就要露了馅哪！就像写小说一样……”

写于 1985 年

火腿笋片汤

这一次见到汪曾祺先生非常开心，老头子知道我来，事先就炖好了火腿笋片汤。为这火腿汤，老头子跑了几家店才买到这金华火腿，他家里的云南火腿很香但有些走油了。老头子是北京城里的著名美食家，许多汉学家常以品尝到老头子的手艺为荣。老头子看到家乡来的人总忘不了“炫耀”一下他的一技之长。

最初，我们称汪曾祺为汪老，后来又觉得太一般化，称汪老为“汪先生”。“先生”的称呼中国内地与港台的内涵不大一样，在港台，“先生”大约等同于内地的“同志”或“师傅”，而内地，“先生”往往是指那些德高望重、学识渊博的长者。只是近几年来内地的“先生”也贬值了，与港台的“先生”差近无几了。现在则干脆称“汪先生”为“老头子”了，这是他们家人的叫法，我们叫惯了也挺亲切自然的。

饭前，老头子得意扬扬地请我欣赏他的国画新作，他夫人施松卿说：“这是老头子最得意的作品。”老头子家里几乎不挂字画，只有张大千的一幅油画，也是带有小品味道的，与他个人的审美理想极为吻合。老头子平常画画多半为了娱兴，画完了就放在书橱顶上，有朋友来索，便挑一两幅题款送上。这一次老头子不但没有扔到书橱顶上，反而请人裱糊好，端端正正地挂在客厅里，可见其喜爱的程度。这幅画名《荷塘月色》，用了现代散文名家朱自清的旧题，但构想奇绝，用墨古怪。题为《荷塘月色》，但画面上只有密密麻麻的荷叶，并没有出现月亮，而那些摇曳的荷叶又让人真切地感到月光的存在。这种构想可谓深得中国传统美学的精髓，记得宋代皇家画院“招聘”画士，命题作文为《踏花归来马蹄香》，很多画家都在马蹄上画着很多花瓣，唯有一位画家独辟蹊径，荣获“状元”，他没有画马蹄上的花瓣，却画一只小小的蝴蝶去追逐疾速奔驰的马蹄，奇妙的构思让这位画家一举夺魁。近人齐白石也有类似的杰作，在一幅题为《蛙声十里出山泉》的国画中，齐白石在一汪山涧里点缀一队小蝌蚪，意境全出。汪曾祺的这幅画虽全副笔墨在画荷，但意在写月，你能感受到一轮皓月当空，水银似的光辉浸润着这风姿绰约的荷花池塘。这是一幅纯粹的水墨画，但水墨画的特点往往透过用墨来表现事物的意态与层次感，可汪曾祺在这幅画里居然平均用墨，而且用的是淡墨，没有强烈的层次感，更没有深度感，完全平面化了。拆除深度模式建立平面的叙述模态本是“后现代”的文化风尚，可作为中国“最后一个士大夫”怎么也如此“新潮”呢？不是汪曾祺故意追效“新潮”，而是出于老先生的美学追求，他的小说、散文都努力表现一种“和谐”的美学境界，而这种取消层次感以抹平事物的“反差”的平面化做法正是为得一种“和谐”。

我把上述想法讲了以后，汪老夫妇都开心地笑了。

写于1993年

赤子其人　赤子其文

初夏的南京，已有一些晚饭花开了，这些零零星星的开放的晚饭花，并不灿烂，也不茂盛，散发着时浓时淡的馨香，使城市行人蓦然发现，黄昏已降临。

悠然开放的晚饭花让我想起了汪曾祺先生。

在汪先生辞世的日子里，我翻阅汪先生的文章、字画和照片，读着他的友人、学生、老乡思念他的文章，每一篇都写得真挚而质朴，我几次想写些追念他的文字，几次落不下笔，不是悲痛，而是不信，不信这么一个人就这么若无其事地走了。

看到他若无其事地躺在八宝山悼念厅的鲜花丛中，面色如常，自然、宁静，我还是忍不住流泪了。

他活着的时候，也许不觉得这世界多些什么，可他走了以后，你会觉得这世界这文坛有那么大的空缺。

空得人心“荒”。

我和汪先生的第一次交往是在11年前的高邮。当时我写过一些评论文字，汪先生回乡探亲，听了介绍之后，和我、小费两人开玩笑说："高邮有了你们俩，我可以走了。"如今，我们俩离开了高邮，而汪先生也真的走了。我想到了10多年前那句话，悲凉如水，我不明白他当时怎会想到"走"这样的生死之念。

这话是有些不太吉利的，在一段时间内我一直为汪先生担心，到后来，发现他活得健康愉快，并无什么不适，也就渐渐忘了。待汪先生去世的消息传来后，我立即想到了他11年前的那一句话。

汪先生出生于1920年3月5日，是农历正月十五，元宵节，汪先生的家乡叫作灯节。汪先生的姓名与他的生日没有太多的联系，但他在给后代起名字时，却都用上"月"字，他的三个儿女汪朗、汪明、汪朝的名字都拥有一个"月"字，可见老人对"月"字的偏爱和惦念。汪先生的文章也如夜晚的月光，平淡、清澈、柔和，"初读似水，再读似酒"。

我最早惊异于汪先生文字的不是小说，而是散文，是他的《葡萄月令》。他用《月令》这种中国最古老的文体来描述葡萄的生长过程，全文写得一片透明，几乎没有人间的烟火气。我看到已过六十岁的汪曾祺和大自然交融一体，他时而化为葡萄，葡萄时而化为他：

一月，下大雪。

雪静静地下着。果园一片白。听不到一点声音。

葡萄睡在铺着白雪的窖里。

全是白描，甚至句式都是最简单的主谓结构，而且是删除了多余修饰的主谓结构，都有点接近我们上语法课时划分句子成分“剩下”的主干，可它的意蕴像一潭清澈见底的山泉，又像是如水的月色，于一片空明之中显现出赤子之纯。

汪先生的文章几乎都是像《葡萄月令》这般明静、纯真，无论是《受戒》还是《大淖记事》，都在表达他“思无邪”的人文理想。他去年写作的《小孃孃》，描写一种罕见的爱情，只有具有一颗赤子之心的人才能写得那么凄婉优美，写得那么坦荡真诚。

当时我读了汪先生这篇小说之后，就兴奋地打电话向文友推荐，这些朋友读完了汪老的这篇小说之后，都说好，说没想到快八十岁的人了，心态还像十八岁似的。朱文说：“读这篇小说，感觉汪老比我还年轻。”记得他的小女儿汪朝曾很认真地问过他：“爸爸，你还能再写一篇《小孃孃》吗？”他想了想，摇摇头，说：“不能。”其实，这篇《小孃孃》就是1990年代的《受戒》，因而被很多的专家学者推荐为1996年的最佳短篇之一。我曾跟汪先生谈过这篇小说，说这是您1990年代的《受戒》，汪先生说这个故事是有生活原型的，我一直想写这个爱情故事，现在终于写出来了。汪先生又说这篇小说若名声大了，会惹一些道德批评家们恼火，会被批判的。他们这些人不懂审美，还没办法和他们理论。我知道汪老的担心不是没有由头的，但还是乐观地说，不会的，不会的。

这一次谈话是我和汪先生的最后一次交谈。那天，我在文采阁开完黄蓓佳的儿童文学作品讨论会，等吃完晚饭赶到他那里，已是夜里十点钟了。汪先生知道我好酒，每次到他家都会喝一些。我看他脸色微红，说好，剩下的我包干。每次都是这样，他做完菜，喝两杯，然后劝我喝酒吃菜，他在一旁看着，似乎那桌上的菜不仅是他的作品，连我在内也成了他作品的一部分。这个时候，汪先生还要讲述那道菜是按照什么菜系做的，应该用什么样的原料，他又如何用其他原料代替的。那天，他说："今天这个菜是中午做的，有个法国人要吃正宗北京风味豆汁（豆渣），我做了改进，加了一点羊油和毛豆熬的，挺下酒的。"我尝了一口，果然，问道："这是老北京的吃法？"汪先生说："豆汁这东西特吸油，猪油多了又腻味，而我家里的羊油根本派不上用场，羊油鲜而不腻，熬豆汁正合味。"他说"合味"的"合"字发的是高邮乡音 ge。这豆汁果然下酒，汪先生看我吃喝得香，又喝了一杯。我们边喝边聊，快凌晨一点钟了，我赶紧告辞。他将我送到电梯口，说，下次到北京再来喝吧。没想到，这竟成了诀别。

这些日子，我回想与汪先生的交往，印象最深的居然是吃。我第一次吃的"山珍"是第一次到汪先生家去吃到的，我认为那或许是天下第一美味。那一天，他装了一小碟子鸡枞，说这是云南的朋友带来的。我第一口没吃出味道来，他说："你仔细嚼。"再吃第二口时，我说："叫什么？"他说："鸡枞，一种菌类。"我当时并不知这两个字怎么写，问过好多人都不知道怎么写，后来在他的散文里看到了，感到非常的亲切。以后到了云南，有人问我最喜欢吃什么，我说鸡枞，每餐必点，临走时，还带两瓶油煎鸡枞回家慢慢吃。有很多人在我家里吃过鸡枞，他们都觉得好吃。

1988年的端午节，好像是个星期天。我那时被借调到《文艺报》工作，那一天去看望汪先生夫妇。刚坐下，汪先生想起了什么似的，说，今天是端午节，在家乡要吃"五红"（五个菜必须都是红颜色，据说是为了避邪）。说完就开始忙碌午饭。汪先生做饭从买菜到择菜都是自己亲手去做，不要人帮忙，起初我还有点不好意思，后来汪夫人施松卿阿姨说，他一直这样，他喜欢做。别人买的菜择的菜他用不惯。他后来在文章里也说过，做菜就得从买菜开始，这是一个完整的构思。那一天，施阿姨饶有兴趣地看高邮人吃"五红"，她数来数去，只有四红，说："老头子，还少一红呢。"汪先生将前一天做好的茶鸡蛋端出，说："这儿。"我们都乐了。汪先生那一天还说了家乡端午节的风俗，问现在是否还那样吗，我说乡村"节"的氛围更浓一些，"五红"都少不了。

都说汪先生是美食家，会做菜，也有遗憾的时候。有一次，我到他家吃饭，他做了一盘清炒茭白，汪夫人很奇怪，吃了一口，问他："茭白怎么这么做？"他说做给王干吃的，这是高邮做法。他问我味道怎么样，我说跟高邮的不一样。汪先生自己吃了一口，很认真地问我是不是做得不好，我说没有高邮的脆，有点干。他若有所思，自言自语："这原料不一样，做出的味道当然不一样，北方的茭白不如南方的水分多，不嫩。"看着他如此认真琢磨，我就明白他怎会有那么一手绝活。有一次在他家吃他做的泡菜，很好吃，他就用放果珍的瓶子给我装了一瓶，带回南京吃。

汪先生最爱吃的是醉蟹。他在《四方食事》中写道："我以为醉蟹是天下第一美味。"他吃醉蟹真有点"惜蟹如金"的味道。每次来了客人，都只取一只，用刀切成小块，并指点客人慢慢地品。家乡有人送我一两坛醉蟹，我每年都把醉蟹送给汪先生。有一年春节过了好长时间，我担心醉蟹变味，就托路过南京的北大研究生捎给他。因为这同学是坐火车回北京的，我担心车厢太热会让醉蟹变味。第二天，我打电话问他，他说没有送来，语气里颇有些失望。又过了几天，我再问变味没有，他说："很好，今天中午有两个韩国客人，我请他们吃了一只，好吃。"最后见他那天，我带了一瓶醉蟹给他，他说怎么不是坛子的，我说这是新包装，他竟像孩子见到新玩具一样高兴："哦，是新包装。"并问我怎么贮放，我说一般保鲜期四个月，在冰箱能放半年。他当即放到冰箱里。不知道他尝了没有。后来他就出差了，再后来就住院了，再也没回家。

汪先生有时候也常露出孩稚之气，1988年的一个星期天，我到他家玩儿，那天他的儿女孙女全过来了，人很多，家里有点儿热，吃饭的时候，他的大儿子汪朗说爸爸家里要添置一台电扇了，汪先生说，不要。午饭后，我和他在那个小房间里聊天。他说："我一直觉得电风扇这种东西很可笑，风怎么可以用电吹出来的，我连扇子都不用，只吹自然风，心定自然凉。"他家里没有装空调，也没有电风扇。几年以后，他到南京开城市文学讨论会，住在状元楼酒店，天气很热，没有空调是很难受的。我又提起几年前那个话题，他笑了，说："现在也习惯了。不过老在空调房里蹲着容易生病。"

汪先生就是这样一个赤诚之人，虽然有自己的立场，但并不偏执。去年，因为他的文集收入《沙家浜》时，漏写了根据《芦荡火种》改编的内容，文牧的遗孀要跟他打官司，他当时很恼火，怎么莫名其妙地当上被告了？待后来弄清这是历史造成的，就以大家的雅量主动承认了这一不该有的误会。虽然原告并没有撤诉，可汪先生的坦诚和率真获得了众人的认可。

1996年年底至1997年年初的"马桥"风波将老先生卷了进去，当时11名作家签名要求中国作协仲裁此事，签名的名单中有汪先生，人们有些不解。可后来，有记者采访汪先生时，他坦率地讲了事情的原委："《马桥词典》我没看过，《哈扎尔辞典》我也没有看过，签名是北京作家何志云拿过来的，问我签不签，我对史铁生印象很好，他是一个正派稳重的人，所以史铁生签了后，附带签了名。在这一点上，我不够慎重。”

他就是这么一个明澈的人。

5月 28日那一天，在八宝山见到王蒙先生，他说：“没想到有这么多的外地作家来。汪老的人缘好。”

在高邮生活的那些日子里，我晚上经常一个人散步到汪先生少年时代生活过的草巷口，有时一直走到大淖河边。当时小城还保留着很多旧的格局，我在灯火朦胧的夜色中，猜想汪先生当年生活的种种情境，很想把自己也融进去。有一次在他的故居门前，竟痴痴地待到半夜。直到路过的人以疑惑的眼光盯着我，我才赶紧离开。

他的故居是当时城镇的一家爆竹厂。

有一股奇异的硝香气息在空气中荡漾。

写于 1997 年

汪氏父子之美食

汪朗的书，让我写序，颇感意外。

汪朗是汪曾祺先生的大公子，资深媒体人，烧一勺子好菜，写一手好散文。

和汪朗的交往一直追叙到25年前。那时候汪曾祺老先生住在蒲黄榆，我被借调到《文艺报》工作，因为孤单，周末节假日隔三岔五地到老头儿家蹭饭。蹭饭是一个原因，更重要的是，汪曾祺先生是我们这一代人的偶像，当时没有“粉丝”这个词，我是汪先生的追随者、模仿者、研究者。能和自己的偶像一起进餐，是粉丝最幸福的事了，精神上的享受也是最高级别的。

汪曾祺在文坛的美食家大名，跟他的厨艺有关。据汪朗统计，除了汪先生的家人，我是尝汪先生的厨艺最多的人。因为吃多了，总结老头儿的美食经，大约有三，一是量小，汪先生请人吃饭，菜的品种很少，但很精，不凑合。量不多，基本够吃，或不够吃，这和他的作品相似，精练，味儿却不一般。二是杂，这可能与汪先生的阅历有关，年轻时国家动荡他四处漂泊，口味自然杂了，不像很多的江浙作家只爱淮扬菜。我第一次吃鸡枞，就是1986年在他家里，炸酱面拌油鸡枞，味道仙绝。直到现在，我拿云南这种独特菌类招待人，很多北京人、很多作家不知鸡枞为何物。三爱尝试，他喜欢做一些新花样的菜，比如临终前十几天，他用剩余的羊油烧麻豆腐招待我，说：合（ge）味，下酒。

因为周末汪朗带媳妇孩子看老爷子，我们就认识了。汪朗一来，汪先生就不下厨了，说：汪朗会做。老头便和我海阔天空地聊天，当然我开始是聆听，时间长了，也话多起来。汪朗则在厨房里忙这儿忙那儿，到中午十二点就吆喝一声：开饭了。汪朗做的饭菜好像量要大一些，我也更敢下筷子些，味道更北京家常，不像老头儿那么爱尝试新鲜。

老头儿走了，我们都很难受。

之后看到了汪朗怀念父亲的文字，不禁惊喜，文字的美感也会遗传吗？又看到他谈美食的文章，就更加亲切了，因为我也写写关于吃喝的文章，但基本是借题发挥，和他的“食本主义”比起来，我像个外行，以致他发现了我文章的常识错误，将麻豆腐误作豆汁儿，十几年前，我曾在文章里写到汪先生用羊油做豆汁儿，去年汪朗忍不住说，因为豆汁儿从来不进他们家的门。至于对食的历史渊源和掌故，他更是如数家珍，信手拈来，当代文人，鲜有其格。

他也有不及的时候，有一次我说到汪先生送我朝鲜泡菜的事，他很惊讶，他不知道老头儿居然还会做泡菜，他自己都没有尝过，我就更加得意了，老头儿用的是当时流行的装果珍的瓶子，我至今记得很清楚。记得老头儿很得意，说泡菜可以这么做。不知道老头儿在泡菜里面加些什么，汪先生说了，我当时没记住，也没吃出来。

我到北京十余年，与汪朗的往来也慢慢勤了些，时不时地还在一起切磋下食经，他的嘴巴很刁，我推荐的饭店他总能品出其中的最好味道。我写的一些小文，他时不时鼓励一下。前不久，他打电话邀我吃北京的爆肚儿，我说好啊，那家位于蒋宅口的老北京风味确实地道，我们几人咀嚼出爆肚儿的结实和韧劲。那一天他从家里拿来茅台酒，酒过半巡，他说出原委，我的书再版，你写个序吧。哈哈，原来是鸿门宴。我们都乐了，其实还是想找个理由在一起喝酒聊天。那天喝得很高兴，手拉手兄弟似的。

汪家的人厚道、实在，汪朗显得更为宽厚，我一直视他为兄长，但他的一次举动却让我意外。2011年5月，我女儿结婚，汪朗自然要作为座上宾。宴毕，众人散去，发现汪朗还在电梯口，我说你还没走啊，他说，我帮你送客人呢。我说，都走了。他说，我得等他们都走了，我才走。我虽然比你大，但你和我父亲是一辈儿的，家里有事，晚辈我该最后走。

家风如此，文风自然。

2013年4月9日

“贪吃蟹”谢冕

有一款游戏叫《贪吃蛇》，而且是被网民评为十大游戏之一，贪吃蛇不断地吃食物，然后过关升段，长大成才。称德高望重又年轻活力四射的谢冕先生贪吃，是不是有点不尊重呢？其实是一种褒奖，九十岁的老翁还能够爱吃，甚至贪吃是很可爱的。谢老师也常常得意自己的饭量，因为北大的老教授中，他因四个量名列第一，除了写作量、运动量、酒量之外，就是饭量。他举办了九届的吃馅饼大赛，拼的就是饭量，比的就是谁更能吃。

谢冕先生一生耽于美食，他把他的美食散文集取名为《觅食记》，“觅”，或许是谢冕先生这一辈子的关键字，年轻时为了寻找光明，参加了革命，1949年后，为了寻找知识，又来到了北大。在北大的这些年间，谢老师始终是一个寻觅者，寻找诗意，寻找温暖，寻找真理，当然也寻找美食。

谢先生以诗评名闻天下，诗评者，其实是觅诗也。谢冕先生年轻时曾经渴望当一名诗人，之后他通过诗评的方式来寻找诗意，来展现诗意，来读解诗意。二十世纪八十年代，朦胧诗刚刚出炉，一时不被人理解，甚至被质疑，谢冕先生以他的敏锐和直觉，发现潜藏其中的中国新的美学的崛起，引发了中国诗歌的变革以及之后文学的改革与开放。数十年间，谢冕先生觅诗不息，弘美始终。

觅诗高雅，觅食也是高雅之举。宋代文人苏东坡就是著名的吃货，以他的名字命名的东坡肉至今广受吃货的推崇，清代大文人袁枚的《随园食单》，至今还是厨师们膜拜的“圣经”。而当代作家、谢冕的好友汪曾祺，则是通过写吃，打通了文学与生活、文学与人生、尘界与天界的关联。觅诗一辈子的谢教授，现在看来也是觅食一辈子的美食家。

谢冕先生的贪吃在坊间也是出了名的，尤其嗜吃生蚝，称得上真正的贪吃。他的博士生尹昌龙，每年都邀请他到深圳去吃一次生蚝，每次蚝宴，谢老师的胃口大开，有时令人瞠目结舌。我也是生蚝爱好者，最多的时候曾经吃过五只，已经让同桌的人叹为观止。谢冕的胃是一张奇怪的胃，他一口气居然吃了十七只生蚝。

十七只，意味着什么？堆起来像个小土丘了，十七只生蚝的肉也有一公斤的量了。关键在于生蚝不是米饭蔬菜，属于生猛海鲜，生吃的人除了胃装得下，还需有极强的肠胃消化功能和超乎寻常的免疫力。在众人的关注下，“贪吃谢”大显身手，看着餐桌上堆起来的“蚝山”，谢冕朗声大笑，真有“沧海一声笑”的豪侠之气，大弟子黄子平称之为“豪气冲天”。

谢冕出生在福州，自小就爱吃海鲜，贪吃生蚝属于童年记忆，或者有“童子功”。但他对冰激凌的贪吃，就不可思议了，冰激凌属于高糖高油的食品，一般主张老年人不吃或者少吃，可谢冕就是不服老，就是逆流而上，凡高糖高油食品，皆不拒绝。

他的学生高秀芹经常说到这么一个趣事：2012年，十二卷《谢冕编年文集》出版后，谢冕先生邀请高秀芹的培文团队去一家宾馆吃自助餐，那天谢老师胃口大开，光冰激凌就吃了22个，高秀芹把哈根达斯冰激凌的盒子排成小山样，谢冕意犹未尽，说：“真好吃，要不要再吃一个？”在他的眼中，摞在一起的冰激凌盒子比那套半人高的文集要好玩多了。高秀芹说：“那一刻，先生像个天真的小孩子。”

我与谢冕先生属于“味同嗜者”，几次相聚相饮，他夸赞甚至有点炫耀的便是高邮菜，而且是高邮一家藏在小巷深处的“随缘”小店，非资深吃货不知。这让我很吃惊，也很欣喜。我爱高邮菜，属于乡土情结，属于娘胎里就带来的口味。谢冕先生出生于福州，近六十年来一直在北京生活，与高邮几乎没有交集。这只能说明他的味蕾之鲜活、品位之不同凡响。他对高邮菜的热爱已经到了如痴如醉的程度，最经典的故事，就是他让老同学孙绍振改签航班，带孙绍振去高邮“随缘”吃大厨张建农的手艺。孙绍振后来开玩笑说："谢冕骗了我一辈子，这一次没有骗我，真的很好吃。"

这让我特别感动，爱菜如此，近乎痴也，童心毕现。张建农是我的朋友，他的师傅老孙我也熟悉。原来高邮菜和扬州菜相差无几，被淹没其中，孙师傅多年实践创新，在1986年奠定了高邮菜在淮扬菜中的地位，他的好多菜，现在扬州厨师也悄悄搬用。张建农传承的就是当年孙师傅的手艺。他烧的红烧鳗鱼确实是一绝，甚至比他的师傅还要地道，也是谢教授最钟情的一道菜。

王国维说，诗人之所以为诗人，在于有一颗赤子之心。嗓门高不代表感情真挚，词语多不代表诗意浓郁，诗人的本质在于有一颗童心。谢老师至今保持着这样的赤子之心，他在美食面前的那种无瑕和无忌，童真暴露无遗，一点没有九旬老翁的迟缓与矜持，所以他反对人家尊称他"谢老"，他说，"谢老师"就很好了。

因为这个缘故，我和谢冕先生商定，每年十一月中旬，请他吃一次地道的正宗的淮扬菜，不仅是为美食而狂欢，也是为诗意，为童心。当然，他还有一句名言：能吃也是生产力。

"贪吃蟹"，生命力旺盛也。

王朔开酒吧

现在想起来，当年三里屯酒吧一条街的繁华，恍然若梦。

我没遇见过二十世纪三十年代上海的繁华，我都是从各种文字和传说里感受到那个年代的海上繁华梦。而三里屯酒吧一条街的兴起到衰退，我是目睹的。一是我家在东直门外，离三里屯很近；二是有一段时间经常陪朋友去泡吧，尤其外地朋友来，必去看一看三里屯的夜色，这也是当时北京的一道风景。

清晰地记得在三里屯雅秀市场的对面马路上，有一个塑料做的啤酒桶，立在那儿，用北京话说，叫杵在那儿，实在不好称它为雕塑，作为雕塑未免太粗糙了，但去过和没有去过三里屯的人，看到这个啤酒桶的模样，大约知道到三里屯酒吧一条街到了。酒吧街当时分南街和北街，啤酒桶的南边，是南街，北边是酒吧一条街的北街。南街酒吧相对是一些小店，北街则是大店和名店。

“三里屯”这个名字很土，但三里屯的夜生活却是北京最洋气的。因为周围聚集了大量的驻华使馆，德国、加拿大、瑞典、土耳其、俄罗斯等驻华使馆都在此。外国人有泡吧的习惯，这里的酒吧起初是为他们提供服务的，慢慢就形成了酒吧群。开始是外国人泡，后来中国人渐渐多起来，到后来中国人就成了主体。三里屯的酒吧风格各异，有纯南美风格的，也有法国风格的，还有土耳其风格的，也有日本居酒屋风格的，漫步在这条街上，有万国一夜游的感觉。白天的三里屯，一片寂静，用今天的话说，叫静默管理，鸟儿也不从这儿飞过，夜晚，尤其子夜时分，三里屯灯红酒绿，人声鼎沸。

当然来酒吧的人群也是鱼龙混杂，良莠共存。记得1998年，我当时还在江苏作协工作，有一次到北京中国作协开会，住在中国作协招待所。一天晚上正准备睡觉，时任浙江文学院院长的盛子潮敲门，说，去喝一杯吧，我请客。盛子潮好酒，每天啤酒不离手，他不喝茶，只喝啤酒。他自己还在杭州开了一家酒吧，叫“纯真年代书吧”，我每次到杭州都会去那里。盛子潮后来患喉癌去世，与他过度饮酒不无关系。

那晚，盛子潮召集我和朱小如等五六位一起前往三里屯泡吧，没想到三里屯人山人海，居然找不到一个空桌子，这时有个人招呼我们，说，我们这儿有位置，就是稍偏了点。偏就偏吧，我们被带到一家三里屯深处的酒吧，盛子潮要了两扎啤酒，刚喝了一会儿，女经理说，你们几个大老爷们儿喝酒多没趣啊，有两个妹子，也想喝一口，我帮你们叫过来，不收小费，管酒就行。盛子潮很“局气”（北京话，豪爽、大气、爷儿们、不腻腻歪歪）地大手一挥，说给点儿小费也没关系。

两位小妹进来之后，点了鸡尾酒，说，特好喝，其他店里没有。一会儿两人就各点了三份，迅速喝完，又要点。盛子潮见状，赶紧说，埋单。经理把酒单拿过来，一看，一万多，那个鸡尾酒一杯1600元，6杯9600元。盛子潮说，这么贵啊，朱小如说，这不是宰客吗？双方发生了争执，不一会儿，进来一个两米以上的大个子，带着浓重的东北口音说，说啥呢说啥呢，谁宰客啊，特饮就是这个价格，谁让你们点的？两位小妹早不见踪影了，大个子巨人往门口一横，那意思你明白。

盛子潮见状，对经理说，我们不是逃单，我也是开酒吧的，价格可以商量吗？和你单独谈谈。盛子潮交涉的结果，就是打了对折，花了5800元。回到作协招待所，已经关门，我们折腾半天才回到房间。

2000年以后，我到北京工作，和朋友说起这段往事，朋友说，那是欺负你们外地口音，又是江浙人，有钱哪，不宰你们宰谁啊。

三里屯酒吧一条街出了名，离不开文人的鼓噪。当时，张弛、狗子、大仙等一帮人，还自封“三里屯派作家”，《南方周末》还为他们做过专版。

北京作家泡吧也分圈子，每个圈子都有召集人。艾丹、兴安、张弛等是比较有影响力的几位，经常是一边泡吧，一边召集人，把人召集齐了，也就散场了。有一次《南方周末》的小李飞刀来北京组稿，就约各路人马到三里屯聚聚，没想到这些兄弟，一边泡吧，一边打电话邀集酒友，原先八九个人变成了二十几个人，全然忘记了谁是请客的主人，小李飞刀悄悄问我：王老师，这么多人，谁埋单啊？我说，当然是你呀！他苦笑着，埋完单，说，北京和广州太不一样了。

那一阵子，我去得最多还是王朔的酒吧。王朔的酒吧，本来的名字叫“非话廊”，是王朔和姜文、叶大鹰几个朋友一起开的，王朔告诉我，因为喜欢和朋友泡吧，差不多每天都去泡，索性和几个朋友一起开一家算了。姜文、叶大鹰忙着拍电影，去酒吧的时间不多，王朔去得最多，每次都能见着，所以圈子里都说王朔的酒吧，王朔说，多啰唆，叫“王吧”得了。有一次我要带一个南京的朋友去王吧，这朋友一愣，北京人真逗，还有王八酒吧，有没有乌龟酒吧？我说是王朔开的酒吧，简称王吧。

王吧不在闹市口儿，在三里屯酒吧北街的后街。酒吧由艾未未设计的，艾未未是极简风格的倡导者，我第一次去王吧的时候被吓着了，这也叫设计吗？楼梯没有扶手，也没有铺地板什么的，就是水泥，像是间没有装修的毛坯房。艾未未说，没有装修就是最好的装修。总之，水泥决定一切，这是艾未未在王吧的装修思想。王吧分上下两层，楼下对外营业，楼上是亲友们自己玩的。楼下好歹还有几张桌子、椅子，楼上就两副沙发、一张大茶几。王朔说，特喜欢艾未未的风格，干净，干干净净的。

王朔说他真挺喜欢开酒吧的，“那有一种把家放大，街上的行人随时都会变成亲人的感觉，走在街上，左邻右舍，每家店铺的人都认识，都打招呼，你还知道每家店的一点儿小秘密，那感觉真是不错”。

我很喜欢到王朔的酒吧，这里像个超级会客厅似的，能够见到新朋老友，遇见过姜文、徐静蕾、叶大鹰这些不太熟悉的电影界的大腕，也碰到十几年没有见到的故人。我和徐星自从1986年见过面之后，就一直没有见到，那天晚上居然在王吧碰到了，徐星带着他漂亮的法国女友也在楼下泡吧，印象最深的是他女友说过的一句话，她中文讲得很好，她说：北京比巴黎好，北京什么都有，巴黎过气了。

王吧里除了啤酒和红酒外，还有白酒，王朔推荐我们喝过一种意大利白酒，王朔亲切地称之为“意大利小二”。“意大利小二”度数不是很高，大约四十度，没有水性气，很香，喝了还想喝。李修文和戴来获得“春天文学奖”之后，都请大家喝过“意大利小二”。

和王朔认识比较早。1988年的时候，我在《文艺报》理论部工作时，《钟山》编辑部让我去盯着王朔正在写的长篇小说。那次我去找王朔的时候，他正在一家部队的招待所写作，环境极其简陋，除了一张桌子外，别无他物，印象最深的是连一个茶杯都没有，我坐公交车过去，干渴得要命，想讨杯水喝，王朔说，只有一个搪瓷缸，你要不在意，就用我的喝几口吧。我咕噜咕噜喝了一大口，开始聊天。他给我看了长篇的手稿，他正在写的《千万不要把我当人》，说这是写气功的，肯定给《钟山》，要不你把写好的先寄回去？我说，不用，等你写好了，我来拿。

1994年到北京出差，再一次见到王朔，他已经是时事文化公司的董事长，还聘请了陈晓明担任总编辑，想运作作家的版权经营。他的公司在一家幼儿园里办公，租的幼儿园的房子。我来到幼儿园，看着那些滑梯、木马，和王朔搭在一起有一种荒诞的感觉。时过境迁，这一次，茶具有了，还有咖啡了，王朔招待我喝了咖啡。那天，王朔非常认真地问我，有哪些青年作家有前途？《钟山》当时正在推出“新状态文学”，我就把这些值得关注的作家推荐给王朔。后来王朔在一本书里调侃我是“中国文坛奔走相告委员会主任”，就源于此次的谈话，我对于新发现的青年作家的一腔热情，给王朔老师留下了这么个印象。

王朔开公司经商总是不太顺利，时事公司虽然创意很好，但效果不理想，钱烧完以后就不知所终了。2002年的秋天，我约王朔、刘恒去南京担任江苏浪淘沙影视公司的顾问，我们一起回到北京的时候，他说，待会儿刘震云来接我，你跟我车走。我说，刘震云自己开车？王朔说，公司的车，我和刘震云、冯小刚一起开了家新公司，这次让刘震云当董事长。我这人开公司老是失败，这次让刘震云当董事长，换换手气。我说，希望换手如换刀。不知道这是王朔第几次开公司了，显然也没有成功。

现在看来，王朔最开心的时候，还是开酒吧那会儿。王朔后来在回忆里非常具体地描述过：“那阵儿我一般夜里十一点之后杀过去，先在自己的店里照两眼，然后拿杯威士忌什么的，站在门口看景儿。多窄一条街啊，多短一巷子啊，宽不到十米，长也就五十米，全是色糖、果儿和咱们这帮酒腻子。那时候王吧、蒋酒和青年旅馆多有号召力啊，一拨一拨的人，跟赶庙会似的，人全不对着，状态错位着，情绪飘忽着，神态迷离着，我心想我怎么混出这么一街人啊。”

还记得一件趣事。我的同事老家来人，让我带他们去王朔的酒吧看看，那天我们喝了啤酒，也喝了“意大利小二”，结完账，这位同事的老乡想开发票回去报销，当班的经理说没有发票。他们让我找王朔，王朔说，我们这儿是画廊，是学术交流，连营业执照都没有，哪有发票啊！我说，怎么不办营业执照？王朔说，工商税务特别事儿多，一直懒得去办。他们也没有来找我们，就拖到现在。

如今，“矗立”在三里屯路中央的啤酒桶早就被拆移，王朔的酒吧已烟消云散，不复存在，三里屯的酒吧热也退潮了，而盛子潮当初创建的“纯真年代书吧”，依然还在杭州开着，新一代青年依然年轻。

人在“吧”去，“吧”在人走，都是令人伤感的事情。

谨以此文献给消失的“非话廊”和尚存的“纯真年代”，它们是活着的记忆，也是死去的记忆。

夜色下飞起的蠓虫仓仓皇皇，我点燃一支烟，遥祭那些鲁莽而青涩的岁月。

2022年5月10日于润民居

“冷香丸”的奇效

好多人说《红楼梦》有原型，考据者众，甚至出现一大流派，索隐派。索隐派很有魅力，像侦探破案一样，根据小说中提供的蛛丝马迹，到历史文献档案中找对应，当然不免要推理、猜测加联想，于是发现了一些和生活中巧合的事情。《红楼梦》是一个伟大而奇怪的文本，按理说，小说本是虚构物，哪有索隐可匹配？然而，《红楼梦》之所以能够作为千古奇书受到人们的青睐，就在于它能够满足各种各样合理的不合理的索隐乃至考据的解读。从蔡元培的“反清复明”“排满”主题开始，到今天刘心武清史人物对照式的解读，都能自圆其说。至于“易经”说、明珠说、弘治说、纳兰性德说、袁枚说等等，也都貌似成立，煞有介事。虽然真正科学严谨地对照起来，还是发现有牵强附会之误、瓜田李下之嫌，但一部小说能够引起人们这么大的兴趣，不仅在中国文学史上罕见，在世界文学史上也是非常难得的。

小说终究是小说，《红楼梦》的伟大之处不在于它是记载了历史或者复制了档案，虽然当中饱含了甚至复制了诸多生活的真实面目，但虚构才是小说的本质，或者说，没有虚构，《红楼梦》是绝对不会这么千古流芳的。《红楼梦》的虚构从一开始就告知读者，“大荒山无稽崖”，大荒山，谐音，荒者，是“荒唐言”，荒唐者，不是实录也，有人认为这是作家的障眼法，即便如此，作家也是获得了成功，他的障眼法本来就是虚构的方式，你还是被他带到了沟里去。因为按照村上春树的说法，小说家在小说里天生是一个“职业说谎者”（耶路撒冷文学奖感言《与卵共存》），他的叙述都有可能是叙述的圈套，而声称自己的作品是虚构是荒唐言，不见得就是记录真实，当然也不见得就一定是虚构。小说家言，虚实真假之间也。

在《红楼梦》里，有一个情节为人们所津津乐道，这就是关于冷香丸的描述。这冷香丸确实是奇葩的一种东西，虽然说得轻描淡写，其实仙丹似的神奇和玄奥。冷香丸的用材极为奇妙，虽然只是花和水两种，但这花和水可不容易配到。花要四种，“要春天开的白牡丹花蕊十二两，夏天开的白荷花蕊十二两，秋天开的白芙蓉蕊十二两，冬天开的白梅花蕊十二两”。这花蕊已经不易，而水，却更为神奇，要用同年雨水节令的雨、白露节令的露、霜降节令的霜、小雪节令的雪各十二钱，加蜂蜜、白糖等调和，制作成龙眼大丸药，放入器皿中埋于花树根下。发病时，用黄柏十二分煎汤送服一丸即可。

花、雨、露、霜、雪、春、夏、秋、冬、十二，这些都是《红楼梦》里最基本的元素，它们不仅是时令更替，也是家族兴衰、人物荣辱的外在符号，但通过一样东西将诸多元素凝聚一体，就是这个冷香丸。正像小说里宝钗说的，要做成可谓琐碎，要遍采春、夏、秋、冬的四种白花之蕊，又要收集雨水、白露、霜降、小雪四个节气的雨、露、霜、雪，几乎不可能实现。小说里，周瑞家的已经发现难度，说，万一雨水这一天不下雨，怎么办？因为冷香丸强调“同年”，也就是说这些花蕊和雨露霜雪必须是同一年的，倘若这一年或雨水无雨，或白露无露，或霜降无霜，或小雪无雪，收集的花蕊和其他水材则无效。

即使如此，我们细细考察，冷香丸其实是子虚乌有的，这不是说《本草纲目》等药典里没有记载，而是纯属虚构，雨露霜雪这些特定日子的水物凑到一起不容易，最关键的是露水已经难以收集，而霜则是水汽形成的，是冰了的雾，收集起来极为艰难，因为水大了就是冰了，而温度略高霜又化了。作家写冷香丸，主要是突出薛宝钗性格的冷和香，那些花蕊香气扑人，但花蕊入药之后都是凉性，再加上雨露霜雪这些寒冷之液，足够冷艳。可以说，冷香丸一个细节，将薛宝钗的性格和盘托出，和林黛玉形成了鲜明的对比。读过《红楼梦》的人，怎么也忘不了冷香丸这个奇妙的药丸，就像忘不了薛宝钗这个人物一样。以至脂砚斋读到此处，情不自禁地要饮上一杯，被其“新奇”折服，“以花为药，可是吃烟火人想得出者？诸公且不必问其事之有无，只据此新奇妙文悦我等心目，便当浮一大白”。

作家在用冷香丸隐喻薛宝钗性格的同时，还透露出四大家族的奢华和糜烂。这些花蕊和水物本身成本并不高，但人工成本极为昂贵，只有豪门才可能用得起。因而冷香丸出现的场景也很讲究，比如茄鲞也是《红楼梦》里被人们津津乐道的一道菜，但它出现在刘姥姥进大观园时，贾母为了显摆贾家的奢华，故意让王熙凤拿给刘姥姥尝的。而薛宝钗的低调为人，是不适合在公开场合显摆自家的富贵的，但是薛宝钗因为薛蟠惹了官司和母亲投靠贾府，也有寄人篱下的嫌疑，尤其是远方穷亲戚刘姥姥刚刚被周瑞家的送走，心思缜密的薛宝钗怕被贾家的人瞧不起，故意在周瑞家的面前若无其事“晒”了下冷香丸，让贾家的人（尤其是贾家的下人）知道我们薛家可不是像刘姥姥来投奔荣国府，我们也是有身份有地位有钱的富贵大家。因而在周瑞家的送走刘姥姥之后，薛宝钗以生病为由，巧妙地说出冷香丸这个亦贵亦仙的药方了，旨在镇一镇周瑞家的这些势利眼小人。周瑞家的何许人也？王夫人的陪房，也就是说，她是王夫人的助理，在荣国府“行政管理”人员中，应该可能仅次于王熙凤。从一个细节就可以看出周瑞家的地位，刘姥姥要进荣国府，实际是通过周瑞家的疏通才得以见到王熙凤和贾母。薛宝钗深知阎王好办、小鬼难缠的道理，她在周瑞家的面前显摆冷香丸，是一种巧妙的自我宣介，也是一种隐隐的示威。这一招，果然镇住了周瑞家的，镇住了周瑞家的，也就是让荣国府的势利眼们刮目相看。所以，如何在贾府、在大观园立住脚，十二钗们也是各有特色，尤其是那些外来者，如何在贾府和大观园得到尊重，也充分显示了各自的性格。林黛玉初进荣国府，哭哭啼啼招人疼爱，虽然受到贾母的疼爱，但还是一个弱者的地位。妙玉入大观园的时候，非亲非故，为了弥补自己身世的弱势，通过饮茶过程显示自己的高洁，贬损宝钗、黛玉的“牛饮”，嘲笑贾宝玉的“俗”，来掩饰寄人篱下的辛酸和委屈，这是以强示人。薛宝钗的做法不卑不亢，举重若轻，通过一个冷香丸便确立了自己在荣国府不受欺负的心理优势，和黛玉进入大观园凄凄惨惨戚戚的以弱示人的境地形成了鲜明的对比。

一粒冷香丸，刻画了薛宝钗的个性及来源，也写出了四大家族的奢华，同时写出了周瑞家的等势利眼的势利和薛宝钗低调的奢华。冷，是低调的，但香，却是奢华的。这粒神奇的冷香丸无疑是虚构的，甚至是编造的，但没有读者怀疑它的真实性，去质疑它的科学性，这是作家按照小说的逻辑进行创造出来的仙丹神果。

2015年3月31日于观山居

《红楼梦》里的茶事

《红楼梦》是一部中国封建社会百科全书，大到皇室，小到蝼蚁，悉数写入。中国人说到日常生活，无论雅俗，都离不开茶，雅人说：琴棋书画烟酒茶。俗人说：柴米油盐酱醋茶。可见茶在生活中的重要性。

《红楼梦》可谓与茶结下不解之缘，与曹雪芹的生活经历有关。曹雪芹家族三代四人（曹振彦、曹寅、曹颙、曹頫）世袭江宁织造近60年，是曹雪芹创作小说的重要资源。曹家重视茶文化，曹雪芹祖父曹寅的《楝亭书目》中收有关于茶事的书就有16种。据人统计，《红楼梦》全书提到茶事有262处（一说275处），出现"茶"字459次，第四十回"栊翠庵茶品梅花香"专门写烹茶、喝茶、品茶的过程。一般来说，这样高密度地描写同一种活动，很容易显得繁复而沉闷，但《红楼梦》里对于茶事的描写不但精彩，很多还成为人们耳熟能详的经典。

风俗礼仪

贾府是钟鸣鼎食之家，也是诗礼簪缨之家，崇尚茶文化，茶事优雅，雍容富贵，以茶为礼，按人待茶，颇有讲究。小说中写到了龙井、老君眉、普洱、枫露茶、女儿茶和六安茶，都是当时的名茶。这些茶的品种，自然高贵。与好茶匹配的是好的茶具，妙玉在《红楼梦》里不仅是个女神，还是个茶神，栊翠庵品茶，妙玉就拿出10种不同的茶具招待客人。一是给贾母献茶用的“海棠花式雕漆填金云龙献寿小茶盘”；二是这小茶盘里装着成窑五彩小盖盅，这是明代成化年间景德镇官窑所产的茶具；三是给随贾母同来的众人的茶盏都是“一色官窑脱胎填白盖碗”；四是宝钗用的是“爮斝”；五是给黛玉用的是“杏犀”；六是给宝玉用的是“绿玉斗”，七是煮茶的风炉；八是煮茶的茶壶；九是妙玉贮藏梅花雪水的“鬼脸青”茶瓮，茶海也是奇品；十是“九曲十环一百二十节蟠虬整雕竹根的一个大海”。后来妙玉任性地要将刘姥姥喝过的杯子给扔了，公子哥儿贾宝玉去阻拦，读者才发现给刘姥姥用的也是成化窑的杯子，令人叹为观止。

俗说三分茶七分水，好茶没有好水自然会打折扣，贾宝玉《冬夜即景》的诗中曰：“却喜侍儿知试茗，扫将新雪及时烹”，说的就是用雪水泡茶。《红楼梦》第四十一回写到妙玉泡茶的水更是一绝，她给贾母上的茶是用“旧年蠲的雨水”，已属奇品，而后单独招待黛玉、宝钗、宝玉时，用的是五年前她在玄墓蟠香寺住着时，收的梅花上的雪，用鬼脸青的花瓮装着埋在地下，“今年夏天”刚取出的！这已经不是讲究了，而是炫耀了。

这样豪华的茶叶、茶具、茶水，写出了富贵之外的茶文化的精深和高雅。但小说不只是博物之排列，还写出了世道人情。《红楼梦》在不经意地写出这些茶文化知识和传说时，还借茶传递出当时社会的人伦和礼俗，因而红楼茶事，某种程度也成为当时宗法等级制度的一个注脚。比如写贾府除夕祭宗祠，贾母作为老祖宗端坐高堂，则由长房长媳尤氏给贾母献茶，而长房长孙媳秦氏给贾母同辈的祖母们上茶。然后，尤氏又给邢夫人等人上茶，秦氏又给众姐妹上茶。凤姐和李纨等只能在底下伺候。献茶完毕，邢夫人等起身服侍贾母，这样一个长幼有序、尊卑有别的礼教文化，在一场茶事中写得自然真实。

最隆重的以茶为礼则是元妃省亲的时候。这位皇妃娘娘回归贾府时，礼仪太监请元妃升座受礼，顿时两旁奏乐升起，随即举行“茶二献”隆盛礼仪。每一次献茶都要叩头礼拜，二献之后，元妃随即降座，奏乐方止。

喜事有茶礼，丧事也需行茶礼祭祀，第十四回秦可卿死后，王熙凤向办理丧事的仆人交代了六项任务，其中之一就有“奉茶”一项；当秦氏的灵柩停在铁槛寺里时，和尚也要向亡人奠茶；第五十回，贾宝玉听说药官死了很是悲痛，即以清茶一杯祭亡灵。《红楼梦》茶文化的深刻蕴含，一方面是当时社会生活的风俗画，另一方面还体现为茶中真切地反映出封建社会末期的人伦关系和社会准则。

身份与性格

茶显出了等级，茶也会显出性格。贾府的人喝茶挑牌子，贾母专门说自己不喝六安茶，要喝老君眉茶，老君眉色浓耐泡，且暗示长寿。林黛玉爱喝龙井，与出身江南有关，龙井属于细嫩绿茶，外形扁平挺秀，光滑匀齐，芽毫依稀可见，色泽翠绿悦目，汤色明亮，与林黛玉的高雅不俗的气质相仿。贾宝玉爱喝的是女儿红和枫露茶，这女儿红茶虽然在《茶经》上没有记载，但女儿红的名称或许与贾宝玉喜欢生活在女儿国有关，这女儿茶和枫露茶都属于神仙茶，一般人是不能喝的。

小说第八回中，当宝玉得知留给他的枫露茶被李嬷嬷喝去的时候，不仅摔了茶杯泼了茜雪一裙子，还要赶走李嬷嬷。而平日里颇为宽容大度的宝玉竟为了一盏茶水而发如此之火，而且李嬷嬷还是他的奶娘，这是为什么呢？除了李嬷嬷乱了规矩，下人不能越级享受外，还与枫露茶的特殊含义有关，后面专门分析。

茶是有等级的，茶不能随便吃，送茶也不能随便送。第二十回贾宝玉一人在房中想吃茶，正好其他丫头都不在，小红经过，给贾宝玉倒了茶。秋纹、碧痕听说此事，便啐了小红一口，骂道："没有脸的下流东西！你也拿镜照照，配递茶递水不配！"递茶递水虽是伺候人的活儿，但奴才也有贵贱之分，小红是做粗活儿的丫头是没有资格给宝二爷倒茶的。两杯茶，一杯引得主子发怒，一杯引得奴才发怒，封建宗法社会的威严和冷酷可见一斑。

曹雪芹高于一般作家的地方不是就规矩写规矩，而是写出了规矩之后的人情世故，写出了人物的性格。同样送茶，王熙凤就可以不拘一格，林黛玉和王熙凤是同辈的，但在第三回王熙凤则亲自为刚刚投奔贾府的林黛玉捧茶，王熙凤知道林黛玉是贾母的心爱，她破格为林黛玉端茶既讨好了贾母，也是对新来的黛玉一次礼节性的尊重。而小说里写到的林黛玉的一次端茶，就与她内善外冷的性格有关。第四十回贾母等人到潇湘馆，黛玉亲自用小茶盅捧了一盖碗茶来奉与外祖母，而未给别人奉茶，可谓冷中有热。

小说最有深意的是第七十七回写晴雯喝茶，当时晴雯已经被逐出了大观园，病重了，贾宝玉去看她，她让贾宝玉倒茶给她喝。小说里写道：

> 虽有个黑沙吊子，却不象个茶壶。只得桌上去拿了一个碗，也甚大甚粗，不像个茶碗，未到手内，先就闻得油膻之气。宝玉只得拿了来，先拿些水洗了两次，复又用水汕过，方提起沙壶斟了半碗。看时，绛红的，也太不成茶。晴雯扶枕道："快给我喝一口罢！这就是茶了。那里比得咱们的茶！"宝玉听说，先自己尝了一尝，并无清香，且

无茶味，只一味苦涩，略有茶意而已。尝毕，方递与晴雯。只见晴雯如得了甘露一般，一气都灌下去了。

晴雯在贾府里虽是个丫鬟，但也是上等的丫鬟，享受过荣华富贵，但离开大观园之后又过上穷苦生活，小说里写贾宝玉看到的黑沙吊子盛茶，茶碗有油膻异味，茶咸涩无味，而晴雯却觉如同甘露。这在文中前后饮茶上透露着主仆之地位天壤之别，读来令人心酸。因而连宝玉也心下暗道："往常那样好茶，他尚有不如意之处，今日这样。看来，可知古人说的'饱饫烹宰，饥餍糟糠'，又道是'饭饱弄粥'，可见都不错了。"

最可悲的不是这种茶生活的巨大反差，而是晴雯的"心比天高身为下贱"，她的悲剧在于始终是一个想当主子的奴才，被逐出大观园后，已经穷困潦倒，病入膏肓，她在自己的家里，可她还把自己当作贾府的人，"这就是茶了。那里比得咱们的茶"，一声"咱们"，好亲切，也好心酸，晴雯至死还以为自己是贾府的人，还以为自己是大观园的上等丫鬟，悲乎！鲁迅说，哀莫大于心死，而这里，晴雯的悲剧在于，哀莫大于心不死。

倒茶去：以茶的名义

前面说到小红为贾宝玉送茶被其他丫鬟怒怼的场景，但也有奴才不听主子的倒茶指令的，比如第八回，宝玉第一次去梨香院探望宝钗，宝钗即主动要求细赏宝玉的通灵玉，当她反反正正看过，又把正面那八个字念了两遍之后，忽转头向莺儿笑道，不去倒茶，也在这里发什么呆？莺儿听后，并没有去倒茶。这是什么情况？还是从小说原文来看：

宝钗看毕，又从新翻过正面来细看，口内念道：“莫失莫忘，恒寿恒昌。”念了两遍，乃回头向莺儿笑道：“你不去倒茶，也在这里发呆作什么？”

从之前的描写看，这里倒茶，毫无由头，原因是宝钗看了宝玉的通灵宝玉之后的八个字联想到自己金锁上的内容，心中暗喜，口中佯怒。小说接着写道：

莺儿嘻嘻笑道：“我听这两句话，倒像和姑娘的项圈上的两句话是一对儿。”宝玉听了，忙笑道：“原来姐姐那项圈上也有八个字，我也赏鉴赏鉴。”宝钗道：“你别听他的话，没有什么字。”宝玉笑央：“好姐姐，你怎么瞧我的了呢。”宝钗被缠不过，因说道：“也是个人给了两句吉利话儿，所以錾上了，叫天天带着，不然，沉甸甸的有什么趣儿。”一面说，一面解了排扣，从里面大红袄上，将那珠宝晶莹、黄金灿烂的璎珞掏将出来。

等宝玉看到金锁上的“不离不弃，芳龄永继”的八个字以后，也念了两遍，又念自己的两遍，因笑问：“姐姐这八个字倒真与我的是一对。”莺儿笑道：“是个癞头和尚送的，他说必须錾在金器上——”宝钗不待她说完，便嗔她不去倒茶，一面又问宝玉从哪里来。这是金玉良缘的第一次正面展示，薛宝钗两次嗔莺儿不去倒茶，两人心照不宣，主奴配合默契。

同样，在第七十六回“闻秘事凤姐讯家童”亦有异曲同工之妙。训完两个顽劣家童，凤姐忽然叫“倒茶”，丫头们闻声而去，但谁也没有倒茶进来。原来，这“倒茶”二字只是摒退众人的隐语。第十五回有一处写及茶，其中宝玉要秦钟叫智能儿倒茶吃，也是意象性的。

“风流茶说合，酒是色媒人”，在《红楼梦》中，写茶事可谓详尽，可谓专业，但也有些内容似乎与茶无关，但使用的却是茶的名义，这正是小说的障眼法。如果不细心阅读揣摩，可能被作者的障眼法蒙住。

女儿茶 枫露茶

《红楼梦》的迷人之处，在于“假作真时真亦假”，写茶自然也不例外。如果只是认为作者为写茶而写茶，就会辜负曹雪芹的美意了。小说中写到的两款茶极为罕见，这就是女儿茶和枫露茶，因而让一些红学家颇为纠结。先说女儿茶。

《红楼梦》第六十三回“寿怡红群芳开夜宴”中“贾宝玉生日之夜，八位姑娘为宝玉做生日，很晚没睡，荣国府女管家林之孝家的带着几位老婆子来怡红院查夜，见大家没睡，催促早睡。宝玉说：‘今日吃了面，怕停食，所以多玩一回。’林之孝家的又向袭人等笑说：‘该焖些普洱茶喝。’袭人、晴雯二人忙说：‘焖了一缸女儿茶，已经喝过两碗了。’”女儿茶，第一次在这里出现了，但女儿茶是什么品种的茶？照上下文的理解，女儿茶肯定不是龙井之类的绿茶，焖的说法只能用于黑茶（有的版本用的是沏，估计是后人改的，应该是改得不对），而且林之孝家的建议喝的是普洱，可见女儿茶属于普洱黑茶系列。

清代阮福《普洱茶记》中说：“大而圆者，名紧团茶；小而圆者，名女儿茶。”联系上下文，宝玉大概喝的就是这种小团茶。大团茶、小团茶在清代都作为宫廷贡品，贾家作为皇亲国戚应该能享受到一些宫廷贡品的。但有人考究，清朝云南产的普洱茶并无女儿茶这个名称，反而是山东泰山产一种女儿茶，但山东产茶很少，而且并不产黑茶。这女儿茶有点空穴来风的意思。

同样，枫露茶也是虚虚实实的一款茶。枫露茶也引起了人们的争论。最早出现枫露茶也在第八回，宝玉问茜雪道：“早起沏了一碗枫露茶，我说过那茶是三四次后才出色，这会子怎么又斟上这个来？”后来知道李嬷嬷喝了之后，宝玉大怒，将茶泼在茜雪的裙子上，还要赶李嬷嬷走。一般认为，这是等级观念造成的。其实，“枫露茶”在小说中的象征意义更重要，因为贾宝玉是一个等级观念比较淡薄的人，不会因为一杯茶如此暴怒失态，何况李嬷嬷还是他的奶妈，主要还是因为此茶非彼茶，李嬷嬷喝错了茶。

有人查阅茶谱，发现并无枫露茶的存在，很牵强的也是说“枫露茶”为枫露点茶的简称。枫露制法，取香枫之嫩叶，入甑蒸之，滴取其露。清代顾仲《养小录·诸花露》载：“仿烧酒锡甑、木桶减小样，制一具，蒸诸香露。凡诸花及诸叶香者，俱可蒸露，入汤代茶，种种益人，入酒增味，调汁制饵，无所不宜……”将枫露点入茶汤中，即成枫露茶。而这个典故和小说中描写的情况并不吻合。倒是脂砚斋在评点此处时，说枫露茶是与太虚幻境中千红一窟茶“遥映”，遥相呼应。

小说第五回描写贾宝玉梦游太虚幻境时，警幻仙姑特地以一款“千红一窟”茶招待他，并解释说：“此茶采自放春山遣香洞，又以仙花灵叶上所带的宿露烹之，名曰‘千红一窟’。”用露水烹茶，是神仙般的生活，这也为枫露茶做了一个很巧妙的注解，枫叶在人们的印象中是红色的，取自枫叶上的露水象征血泪，“枫露茶”是女儿泪、女儿血。

无独有偶，第七十八回中，宝玉祭花神赋《芙蓉女儿诔》也提到了“枫露之铭”：“维太平不易之元，蓉桂竞芳之月，无可奈何之日，怡红院浊玉，谨以群花之蕊，冰鲛之壳沁芳之泉，枫露之茗，四者虽微，聊以达诚申信。”而这个赋的名字《芙蓉女儿诔》，和女儿茶呼应起来。而高鹗在续作第八十九回中，宝玉因见了往日晴雯补的那件“雀金裘”，顿时见物思人，在夜静更深之际，在晴雯旧日居室，焚香致祷：“怡红主人焚付晴姐知之：酌茗清香，庶几来飨。”说明也是把枫露茶和十二钗的命运联系在一起的。

可见女儿茶、枫露茶是个意象性的道具，与通灵宝玉、十二钗判词等都是虚实相映的象征主义手法。中国古代把这种文章作法叫障眼法，所以脂砚斋在评点时屡屡提醒读者不要被作者的障眼法所迷惑，从茶入手我们就可以了解到曹雪芹的艺术匠心。

《红楼梦》里有不少茶诗茶联，也非常精彩。以茶入诗词，比如第五十回宝琴与湘云对成一联：“烹茶水渐沸，煮酒叶难烧。”第二十三回宝玉所作的“四时即事”诗四首，其中有三首咏及茶事，“倦绣佳人幽梦长，金笼鹦鹉唤茶汤”。这两句写尽了贾府的荣华富贵，写活了大观园的柔软娇媚和奢靡，而以下这两句则是小说的文眼：

宝鼎茶闲烟尚绿
幽窗棋罢指犹凉

绿过，闲过，最终还是凉，凉，凉。

2017年6月2日于航班

后记　梦见汪曾祺先生复活

2022年6月20日，下午，我在微信朋友圈里转发了一条“汪曾祺纪念馆文化街区入选城市贡献奖”的消息，因为当初汪曾祺纪念馆的设计被人质疑与某馆同款，所以我在微信专门说到了这一点，以正视听。晚上，继续校编《人间食单》，书中不少篇涉及汪曾祺先生。夜里十二点，看累了，便卧床休息，迷迷糊糊地睡着了，没想到居然梦见汪先生复活了。现如实记录于下：

汪先生复活的场景是有点像他的剧本《大劈棺》写的，我们发现他在棺材里，一只手在抖，便摇摇他，他居然能说话了，开始断断续续，然后就站起来了。来到我的老家周庄镇的老宅子里，祖父、祖母接待了他，给他端茶敬烟，汪先生喝了一口茶，说，这珠兰味道不错，是镇江产的。我祖父点头称是。汪先生看到我的女儿（上小学）在画画，问：在画什么？女儿说要交作业，他拿起画笔，指指点点，不一会儿女儿的作业完成了，兴高采烈地去学校了。

很多人听说汪先生复活了，围过来，带着汪先生的著作，让汪先生签名（这场景有点像在书店里）。汪先生拿着毛笔，一一签上米芾风格的“汪曾祺”三字。这时，我的表弟过来了，问我要一本书，让汪先生签，可能是要的人多了，我手中居然没有了，表弟有点不信，说，好吧，我明天去买《汪曾祺小全集》（我和汪朗正在编的一套书）。我说，他明天就走了，找张宣纸让他签吧，祖父递上一张信笺，汪先生签上“彩云追月”四字，然后落款，还钤了印。

祖父、祖母张罗着为汪先生准备午餐，汪先生笑眯眯地问我，有没有醉蟹哪？我说，有，家里有，春节的还没吃完。我开始在祖宅里翻箱倒柜地寻觅醉蟹，从厨房到书房再到粮仓，都没有找到。汪先生说，没有醉蟹，我就回高邮吃饭了。

我一急，就醒了。

这个馋鬼。

是为记。

2022年夏至凌晨于观山居